Mondlandung in Ottenhome

oder
das Meer der Stille

Martin Schmidt

Impressum

© 2019 Martin Schmidt

Umschlag: MARNI
Foto: Martin Schmidt
Portrait: Nika RoS
Lektorat: Julia McLaren-Thomson

Verlag & Druck: tredition GmbH, Halenreie 40-44, 22359 Hamburg

ISBN
Paperback   ISBN: 978-3-7482-6477-4
Hardcover   ISBN: 978-3-7482-6478-1
e-Book   ISBN: 978-3-7482-6479-8

Mein besonderer Dank für die kompetente Begleitung,
große Geduld und Nachsicht geht an
Julia McLaren-Thomson und Nika Rossmöller-Schmidt.

Nur als Bild, das auf Nimmerwiedersehen
im Augenblick seiner Erkennbarkeit eben aufblitzt,
ist die Vergangenheit festzuhalten.

Walter Benjamin
Über den Begriff der Geschichte, 1940

1

Es ist noch frisch und ein wenig diesig an diesem frühen Morgen. Die Sonne zeigt ihre ersten Strahlen. Glitzernder Tau liegt auf den Wiesen zu beiden Seiten der fast leeren Autobahn.

Voller Erwartung sind die drei in aller Frühe in dem alten *VW-Käfer*, Baujahr `56, aufgebrochen. Lucky kurbelt das Seitenfenster zur Hälfte herunter. Bei Tempo 100 mischen sich die Geräusche des Fahrtwinds mit dem leisen Sirren der Reifen auf dem Asphalt und dem gleichmäßigen Tuckern des Boxer-Motors. Im Wagen riecht es nach Öl und Benzin, ab und an überlagert vom Geruch nach frisch gemähtem Heu.

Das Mädchen sitzt, in Carlos Parka gehüllt, ausgestreckt auf der Rückbank und kramt in ihrem knatschbunten *Fiorucci*-Beutel. Sie holt eine Lakritzschnecke heraus, nimmt das Ende zwischen die Zähne und zieht die Schnüre langsam auseinander, bevor sie sie genüsslich verschlingt. Lucky schaut ihr im Rückspiegel zu. Ihre großen Ohrringe funkeln in der aufgehenden Sonne.

Die drei sind unterwegs nach Holland, sie wollen zum Segeln. Es ist Sommer und es verspricht ein wunderbarer Tag zu werden. Lucky sitzt am Steuer, er trägt die abgewetzte Lederjacke, die sein Onkel von seinem Einsatz bei der *Legion Condor* aus Spanien mitgebracht hatte. Er hält die Speichen des elfenbeinfarbenen Lenkrades lässig zwischen zwei Fingern.

Ein haariger Troll baumelt am Rückspiegel. „Sein Maskottchen!" kommentiert Carlo, als er den fragenden Blick des Mädchens sieht. „Wieso gerade ein Troll?" „Weil er sich oft wie ein Kobold verhält!" „Wie meinst du das?" „Na, unberechenbar eben!" Der Freund schaut ihn schief von der Seite an.

Lucky beobachtet das Mädchen, ihre Blicke treffen sich. Er sieht die graugrünen Augen, die schmalen geschwungenen Brauen, und den breiten, stets wie zu einem spöttischen Lächeln verzogenen Mund. Er bittet sie, ihm einen Kaugummi zu geben. Sie wickelt einen mintgrünen Streifen *Wrigley's* aus der Silberfolie und schiebt ihm den in den Mund. Er schnappt nach ihren Fingern, sie zieht sie erschrocken zurück und gibt ihm einen Klaps auf die Schulter. Carlo schmunzelt. „Sieh mal an, unser Küken!" „Jetzt lass bloß den Macker raushängen!" Das Mädchen zieht eine Grimasse. Sie spielt mit dem Jadeanhänger, der im Ausschnitt ihres Kleides baumelt. Gedankenverloren nimmt sie ihn zwischen die Lippen, und schaut auf die vorüberziehende eintönige Niederrheinlandschaft.

Auf den Wiesen links und rechts der Autobahn grasen schwarzbunte Kühe. Auf einer Koppel galoppiert ein Pferd mit fliegender Mähne. Seine Flanken glänzen. „Na *Fury*, wie wär´s mit einem kleinen Ausritt?"

Carlo flegelt sich auf dem Beifahrersitz. Nach einer Weile öffnet er das Stoffschiebedach und kurbelt die Seitenscheibe herunter. Er holt das Päckchen mit dem *Samsonlöwen* und das hauchdünne *Gizeh*-Papier aus dem Handschuhfach. Mit flinken Bewegungen dreht er eine Zigarette und feuchtet den Rand mit der Zunge an. „Morgens ein Joint, und der Tag ist dein Freund!"

Er zündet die Zigarette im Schutz der Windschutzscheibe an. An seinem Handgelenk glänzt ein platt getriebener Silberlöffel. Er inhaliert den Rauch und bläst ihn gegen den am Rückspiegel schaukelnden Troll. Dann lehnt er sich zurück, und reicht dem Mädchen die Zigarette nach hinten. Sie lehnt ab und sucht in ihrem Beutel nach der *Reyno*. Sie reißt das Cellophanpapier von der Packung, zerknüllt es, und überlässt es dem Fahrtwind.

„Du und deine Mentholzigaretten. Da kannst du doch gleich Pfefferminzdrops lutschen!"

Carlo dreht sich mit dem Feuerzeug zu ihr um. Sie beugt sich über seine schützende Hand und inhaliert den ersten Zug. Sie bekommt sofort einen Hustenanfall.

Lucky sieht im Rückspiegel, wie der Fahrtwind mit ihren langen, kastanienbraunen Haaren spielt und ihr Kleid aufbauscht. Anfangs versucht das Mädchen noch, das Kleid festzuhalten, dann überlässt sie es dem Spiel des Windes.

Mit gönnerhafter Miene tätschelt Carlo ihr Knie. „Lass deine unegalen Finger von ihr!", raunzt Lucky ihn von der Seite an und fährt einen Schlenker. Der Wagen hinter ihnen hupt. Das Mädchen lacht, sie schiebt die zudringliche Hand beiseite, und zaust Carlo den blonden Wuschelkopf.

„Nie darf man!", nörgelt der und verzieht zufrieden grinsend das Gesicht. „Wissen deine Eltern eigentlich, mit was für bösen Buben du unterwegs bist?", fragt Lucky scheinheilig „Ich kann schon ganz gut auf mich alleine aufpassen!", kommt die prompte Antwort.

An der Grenzstation *Elten* winkt der Zöllner sie gelangweilt durch. Sie halten an der Raststätte, um Geld zu tauschen und zu tanken. Während Lucky sich an der Zapfsäule zu schaffen macht, geht Carlo hinüber zur Wechselstube.

Kurz darauf kommt er aus dem Gebäude geschossen, als hätte er einen Banküberfall verübt. Er wedelt triumphierend mit den bunten Scheinen und sprintet auf das Mädchen zu. „Nichts wie weg hier!" Die zwei albern herum. „Zeig mal her, Gulden sehen doch wirklich wie Spielgeld aus." „Das ist nichts für Küken. Her mit dem Zaster!" Carlo grinst genüsslich und nimmt ihr das Geld wieder ab. „Von wegen Küken!" Das Mädchen boxt ihn. „Das wird noch mal böse enden!"

Lucky sucht derweil im Wagen nach seinen Zigaretten. *Reval*, natürlich ohne Filter. Er stöbert auch im Beutel des Mädchens herum und befördert neben *J. D. Salinger's Franny und Zooey* eine *Pardon* und einen abgeliebten Teddy zu Tage.

Der schaut ihn aus seinem einen Glasauge missmutig an. „Na, Kumpel!" Lucky versetzt dem Teddy einen Knuff, der lässt ein zufriedenes Brummen hören.

Lucky blättert in dem Satiremagazin mit dem kleinen schwarzen Teufelchen, das seine Melone lüpft, und schaut sich schmunzelnd eine Karikatur über *Pillen Paul* an. Dann lässt er die *Pardon* zusammen mit dem Teddy wieder in den Tiefen des Beutels verschwinden.

Die drei trinken noch schnell einen Kaffee, kaufen holländische Schokolade, das Mädchen mag die von *Van Houten*. Nachdem Carlo großspurig alles bezahlt hat, gehen sie zurück zum Parkplatz. Sie hakt sich bei den Freunden unter, die drei versuchen im Gleichschritt zu gehen.

Ihr mausgrauer *Käfer* mit den bunten *Pril-Blümchen* fällt sofort inmitten der biederen Wirtschaftswunderautos auf. Carlo will jetzt ans Steuer, - S*chnick, Schnack, Schnuck* - sie losen, Lucky gewinnt. „Lass mich mal fahren?", bittet das Mädchen. „Du? Hast du überhaupt schon dein Seepferdchen?" Sie streckt ihm die Zunge raus. „Dann lasst mich wenigstens nach vorn!" „Küken gehören auf die Rückbank!" „Da hinten gibt es ja noch nicht mal einen Sicherheitsgurt!", mault sie und klettert gehorsam nach hinten.

Lucky muss den Anlasser mehrmals orgeln lassen. Der Motor ist noch heiß, erst nach einigen Fehlzündungen springt er widerwillig an. Die Ventile rasseln. Lucky schaltet krachend in den nichtsynchronisierten Rückwärtsgang, und tritt das Gaspedal durch. Der Motor heult auf, der Wagen macht einen Satz nach hinten.

„Geh gefälligst mal ein bisschen schonender mit der Karre um!", meckert Carlo und erntet einen vernichtenden Seitenblick. Lucky fädelt sich in den lebhafter werdenden Verkehr ein. Carlo fingert am Sendersuchlauf des *Blaupunkt-Radios* herum, nach vielem Rauschen und Fiepen findet er endlich *Radio Veronica*.

Der Piratensender strahlt seine Programme von einem Feuerschiff aus, das außerhalb der Dreimeilenzone vor der holländischen Küste liegt.

Hier kann man pausenlos die aktuellsten Hits aus den *Top twenty* hören. - *On the road again* - von *Canned Heat,* kündet die Stimme des Radiosprechers an. „Gib mir mal die *Hohner!"* Lucky neigt sich zum Handschuhfach rüber. Die gequetschten Bluestöne klingen wehmütig. Carlo summt die Melodie, Lucky begleitet ihn auf der Mundharmonika.

Sein dunkles, schulterlanges Haar umweht den schmalen Kopf mit dem spärlichen Bart. Am Hals trägt er an einem Lederband einen Tigerzahn. Carlo beobachtet ihn von der Seite, seine wasserblauen Augen blitzen schelmisch. „Dieses schwarze Brillengestell gibt unserem Jungrevoluzzer doch etwas existenzialistisches!" Lucky versetzt ihm einen Knuff. Das Mädchen schaut den beiden Jungen belustigt zu. Carlo nimmt einen letzten Zug und schnippt den Zigarettenstummel zur Dachöffnung raus. Glut und Asche stieben davon.

Lucky fährt mutwillig Schlangenlinien, das Mädchen umarmt ihn voller Übermut. Ihr Atem streift seinen Nacken. Als sie ihm auch noch die Augen zuhält, wird es Carlo zu bunt, fluchend greift er ins Lenkrad. „Ihr beiden seid wohl lebensmüde?!"

Lucky sieht im Rückspiegel einen offenen Sportwagen heranrauschen. „Irre, ein *Austin Healy!"* Seine Augen leuchten. „Englischer Roadster mit sechs Zylindern und einer Spitze von 193!" Carlo grinst. „Ich sage nur Autoquartett!" „Was für eine Karre, und dann diese breiten Schlappen!"

Am Steuer des Wagens sitzt eine blonde Frau. Carlo reckt sich, streckt den Kopf zum offenen Schiebedach raus und winkt. Lucky hupt wie wild und tritt das Gaspedal bis zum Anschlag durch. Der Motor heult unwillig auf.

Eine zerbeulte *Ente* mit gelbem Nummernschild, die gemütlich vor ihnen hinschaukelt, bremst ihn aus. Der Abstand zum davonziehenden Roadster erhöht sich rasch.

Die blonde Frau hebt lässig eine Hand, ohne sich noch einmal umzuschauen. Sie trägt rote Lederhandschuhe. Ein weißer Seidenschal flattert im Wind.

Der Himmel ist jetzt fast wolkenlos und wechselt langsam in ein kräftiges Blau. Bei *Radio Veronika* berichten sie von der bevorstehenden Mondlandung der *Apollo 11*. Präsident *John F. Kennedy* hatte 1961, nach dem Fiasko in der Schweinebucht, die Mission ins Rollen gebracht. Gerade erst hatten die Russen es geschafft, *Juri Gagarin* als ersten Menschen in den Weltraum zu schießen. Es gehe um die Vorherrschaft im All, hatte der Präsident damals mit großem Pathos betont. Keine zwei Jahre später wurde *John F. Kennedy* in Dallas ermordet.

Nach fast achtjähriger Vorbereitung scheint der Traum jetzt in Erfüllung zu gehen. Lucky hat am 16. Juli den erfolgreichen Start von *Apollo 11* zuhause live am Fernseher mitverfolgt. Er lehnt sich auf dem Vordersitz zurück und erzählt fasziniert vom Start der *Saturn-V-* Trägerrakete, die *Werner von Braun* entwickelt hat. „Solide deutsche Raketentechnik!" Er trommelt begeistert auf dem Lenkrad herum. „Stellt euch den Moment vor, wenn sich die 3000 Tonnen schwere Rakete mit einer gigantischen Schubkraft und ohrenbetäubendem Getöse von der Startrampe in Cape Canaveral löst, und wie im Zeitlupentempo in den strahlend blauen Himmel von Florida aufsteigt.

Carlo spielt mit dem Troll, der vor seiner Nase hin und her baumelt. „Ihr könnt euch die enormen Kräfte, die während des Starts auf die drei Astronauten einwirken, kaum vorstellen." Lucky versucht, die beiden mit seiner Begeisterung anzustecken. „Gestern ist die Kapsel in die Umlaufbahn des Mondes eingeschwenkt. Lasst uns heute Nacht bei der Landung dabei sein!"

Das Mädchen ist nicht gerade begeistert. *„Tim und Struppi* waren die Ersten auf dem Mond."* Sie zieht eine weitere Lakritzschnecke lang.

„Mecki und seine Freunde waren auch schon da.", ergänzt Carlo grinsend. Lucky schüttelt nur ungläubig den Kopf, das bedarf noch einiger Überzeugungsarbeit.

„In völliger Schwerelosigkeit umkreisen die drei Astronauten jetzt gerade den Mond, diesen einsamen Gesellen." Lucky starrt auf den grauen Asphalt und erinnert sich an den Ausspruch des russischen Kosmonauten *Juri Gagarin,* der als erster Mensch in einem *Sputnik* die Erde umkreiste. „Er hat im Weltall nach Gott gesucht, ihn aber nicht gefunden." „Ist er nicht letztes Jahr tödlich verunglückt?" „Vielleicht hat Gott ihn ja gefunden!" Das Mädchen schaut hinauf in den blauen Sommerhimmel.

Die durchbrochenen Markierungen der Fahrbahn ziehen in monotoner Rhythmik vorüber. Im Rückspiegel sieht Lucky eine schwarze *Mercedes-* Limousine, die sich rasch nähert und dann mühelos auf der Überholspur an ihnen vorbeizieht. Der Fahrer pafft eine Zigarre und würdigt die drei keines Blickes. Er und seine junge Begleiterin, seine Tochter oder Sekretärin, scheinen sich zu streiten, sie dreht sich von ihm weg und schaut zu ihnen herüber.

„Düsseldorfer Kennzeichen." Carlo schüttelt bedauernd den Kopf. *-Mercedes Benz-* das Mädchen ahmt die heisere Stimme von *Janis Joplin* nach. Sie röhrt in ein imaginäres Mikrofon. *„Janis* fährt einen *356'er Porsche,* popartmäßig aufgemacht!" Luckys Finger trommeln auf dem Lenkrad. Carlo reckt seine Hand zum Peace-Zeichen in die Höhe.

Die Sonne steht schon ziemlich weit oben. Das Mädchen setzt ihre rote Sonnenbrille auf, die dunklen Gläser verdecken ihre Augen. Sie meint, schon das Meer riechen zu können.

In einem Anflug von Euphorie umfängt sie die beiden Freunde mit ausgebreiteten Armen.

Carlo holt seine *Rollei* aus der blauen Sporttasche mit dem *PAN-AM*-Logo. Routiniert stellt er so Pi mal Daumen Entfernung und Brennweite ein und zieht mit einem Ratsch am Spannhebel.

Dann dreht er sich unvermittelt um, schaut durch den Sucher, der Auslöser klickt. Das Mädchen schneidet Grimassen, dann winkt sie lachend in die Kamera. Als er nicht aufhört sie zu fotografieren, fährt sie ihn an. „Lass das, du Affe!" Sie zieht einen Schmollmund.

Weiter vorne taucht unvermittelt der schwarze *Mercedes* wieder auf. Er steht auf der Standspur, die Motorhaube ist geöffnet. Der Fahrer beugt sich mit hochrotem Kopf über den kochenden Kühler und hantiert hilflos mit einem Lappen herum. Lucky grinst schadenfroh, er drosselt die Geschwindigkeit. „Können wir helfen?" Carlo lehnt sich mit einem breiten Grinsen zum Fenster raus.

Die junge Beifahrerin steht lässig an den Kotflügel gelehnt und winkt lachend zurück. Ihr Minikleid lässt ihre gebräunten Beine sehen. Lucky tritt voll aufs Gaspedal. - *Born to be wild* - von *Steppenwolf* tönt aus den riesigen Lautsprechern in der Türverkleidung. Die drei grölen mit. Carlo dreht das Radio voll auf und spielt Luftgitarre, eine Zigarette hängt lässig in seinem Mundwinkel.

2

Die beiden Freunde haben gerade ihr Abitur bestanden. Ein unbeschwertes Leben liegt vor ihnen, wer sollte sie bremsen. Natürlich haben sie den *Steppenwolf* von *Hermann Hesse* gelesen. Es war keine wirklich leichte Lektüre, stellenweise verstörend. Sie weckte unbestimmte Sehnsüchte und dunkle Ahnungen.

Es ist die Zeit des Aufbegehrens gegen das Establishment, überhaupt gegen alle Autoritäten. *-Unter den Talaren der Muff von tausend Jahren-* Die beiden verfolgen aus der Perspektive ihrer miefigen Kleinstadt begierig die Studentenunruhen, die nach dem Tod von *Benno Ohnesorg* und dem Attentat auf *Rudi Dutschke* zunehmend eskalierten.

Auch sie haben die schockierenden Fernsehbilder vom Besuch des *Schahs* gesehen. Jubelperser schlagen mit Zaunlatten auf die Studenten ein, die Polizei sieht tatenlos zu. Jeder kennt das Foto des sterbenden *Benno Ohnesorg*. Von einer Polizeikugel getroffen, liegt er in einer Blutlache, eine junge Frau beugt sich zu ihm herab.

Diese Bilder haben die beiden Freunde maßlos empört, und so solidarisierten sie sich unverzüglich mit der Protestbewegung. Sie hatten sogar in ihrer Schule zu einem Streik aufgerufen, und an den ersten *Sit-ins* teilgenommen, was Konsequenzen für sie hatte. Beinahe wären sie von der Schule geflogen.

Die *Publikumsbeschimpfungen* von *Peter Handke* und das *New York Living Theatre* waren die ersten progressiven kulturellen Höhepunkte in ihrem provinziellen Schulalltag. *Axel Springer* heizte in diesen Tagen die Stimmung gegen die *APO* durch Hetzkampagnen in seiner reaktionären *Bild-Zeitung* an. *-Juso beißt Hund -* fett gedruckt.

Die Freunde nahmen an den ersten Demos teil, und fühlten sich euphorisiert.

Die ersten Haschischplätzchen ihres Lebens hatten sicherlich einen nicht unerheblichen Anteil daran. - *Hast du Haschisch in den Taschen, hast du immer was zu naschen -.*
Die weitere Radikalisierung der Bewegung - *macht kaputt, was Euch kaputt macht* - sollte schließlich in der Gründung der *RAF* münden. Mit der für sie berechtigten Forderung nach Auflösung des Privateigentums, klauten die Freunde bewusstseinserweiternde Lektüre aus der heimischen Buchhandlung. - Geht doch rüber, wenn es euch hier nicht passt! - war oft die einzige hilflose Reaktion der Elterngeneration. In frisch gegründeten Kinderläden wurde die antiautoritäre Erziehung erprobt.
Die *Kommune 1*, die erst vor einem Jahr gegründet worden war, und sich bald wieder auflösen sollte, propagierte in unzähligen *Happenings* das Spaß- und Lustprinzip. Im verklemmten Nachkriegsdeutschland praktizierten sie die freie Liebe. *Uschi Obermaier,* ein wahr gewordener Männertraum auf zwei Beinen, und der Lockenkopf mit Nickelbrille, *Rainer Langhans,* riefen sittliche Empörung hervor. Das Ganze wurde von einer bigotten Presse hämisch kommentiert. Sprüche wie - *Wer dreimal mit der gleichen pennt, gehört schon zum Establishment* - machen in der Aufbruchsstimmung der wilden Sechziger die Runde.
Die neu propagierte Freizügigkeit überforderte viele. Carlo, der sich auf dem Höhepunkt der Pubertät befand, verfasste seine ersten poetischen Ergüsse. - *...Unter einem Apfelbaume zeigte sie mir ihre Pflaume...* - Seiner Mutter war dieses Pamphlet beim Aufräumen seines Zimmers zufällig in die Finger geraten. - *Findest Du das schön?* -, schrieb sie, fein säuberlich, mit ihrer zierlichen Handschrift auf einen Zettel, den sie ihm auf dem Frühstückstisch hinterließ.
Es ist die Zeit der Vietnam-Demonstrationen, als neben den skandierten *Ho Chi Minh* Parolen, auch Rufe wie - *Oma runter vom Balkon, unterstütz den Vietcong* - und andere mehr oder weniger originelle Sprüche erschallen.

Im Vietnamkrieg feiert die amerikanische Chemieindustrie mit *LSD, Napalm* und *Agent Orange* wahre Triumphe. In Deutschland gibt es den Contergan Skandal.

Es ist die Zeit von *Heinrich Lübke*, der als Bundespräsident die Welt mit seinen Fremdsprachenkenntnissen unterhält. - *Meine Damen und Herren, liebe Neger! - equal goes it loose!* - Aber es gibt auch die unsäglichen Notstandsgesetze, und die *Starfighter* Affäre um *Franz Josef Strauß*, als man sich nur einen Acker kaufen und lang genug warten musste, um an einen dieser ominösen - *Witwenmacher* - zu gelangen. Lucky hat zu Hause noch immer ein Modell dieses Düsenjägers, das er eigenhändig zusammengeklebt hat, von der Decke baumeln.

Es ist die Zeit des psychedelischen *Afri Cola Rausch`s* und der großen weiten Welt der *Peter Stuyvesant* in der Werbung. In der Kunst erklärt *Joseph Beuys* dem toten Hasen die Bilder und *Wolf Vostell* gießt einen *Opel Kapitän* in Beton, stellt das Objekt in Köln an den Straßenrand und nennt es *Ruhender Verkehr. Yoko Ono* und *John Lennon* verbringen eine ganze Woche in ihrem Hotelbett in Amsterdam und nennen es ein - *Bed-in* - für den Frieden, - *give peace a chance!* -

Im Kino laufen *Zur Sache Schätzchen*, der Aufklärungsfilm *Helga, Easy Rider,* ein amerikanisches Roadmovie, und dann noch der visionäre Science Fiction Film *2001 Odyssee im Weltraum* von *Stanley Kubrick*. Im Fernsehen gibt es *Die kleinen Strolche, Raumpatrouille Orion,* und den *Beat Club* mit *Uschi Nerke*. Außerdem sieht man eine *Mrs. Emma Peel,* in einem atemberaubend engen *Catsuit,* an der Seite des englischen Gentlemans *John Steed*. Mit spleenigen Methoden und viel britischem Humor kämpfen sie gegen einen Haufen skurriler Bösewichter.

3

Der Himmel ist fast wolkenlos, die Windverhältnisse sind ideal für einen unbeschwerten Tag auf dem Wasser. Lucky fährt auf den Parkplatz von *Ottenhome.* Kies spritzt unter den Reifen weg, Staub wirbelt auf. Er parkt den Wagen etwas abseits vom Eingang, direkt neben einem dunkelgrünen *DAF* und einem *Buckelvolvo.* Von der verwitterten Holzfassade des alten, zweistöckigen Hotels blättert die weiße Farbe ab.

- *Schnick, Schnack, Schnuck* - Die Jungen knobeln, Lucky gewinnt. „Ich geh` schon!" Er greift sich einen Teil des Gepäcks, und geht, in Begleitung des Mädchens, hinüber zum Hoteleingang. Sie wollen zu dritt ein Doppelzimmer nehmen, das Mädchen hat keine Lust auf Zelten. Carlo wird dann später heimlich dazustoßen. Ganz wohl ist den dreien dabei nicht.

Carlo lehnt an der geöffneten Beifahrertür, einen Fuß auf dem Trittbrett, und beobachtet die beiden wie sie, Arm in Arm, im Inneren des Hotels verschwinden. Er sucht nach einer Zigarette. Der erhitzte Motor im Heck des Wagens knackt. An den überquellenden Mülltonnen huscht eine Maus zwischen staubigen Brennnesseln und blühendem Löwenzahn herum. Eine frische Brise verdrängt den Geruch nach vergorener Milch und fauligem Obst.

Ein himmelblauer *R4* und ein *Mini Cooper* in *Racing Green* biegen auf den Parkplatz. Eine Gruppe junger Holländer steigt vergnügt aus. „Hey!" Bestens gelaunt grüßen sie herüber. Sie gehen mit ihrer Ausrüstung in Richtung Bootsanleger.

Da die beiden nicht gleich zurückkommen, schließt Carlo das Stoffverdeck und kurbelt die Seitenfenster rauf. Er wirft die halbgerauchte Zigarette weg und schlendert rüber zum Bootshaus. Er kommt an der kleinen Werft vorbei.

Mithilfe eines Hebekrans wird gerade eines der bauchigen Holzboote aus dem Wasser gehievt. Drei Männer in verschlissenen Overalls besehen sich den Schaden am Rumpf. Am hölzernen Anleger warten nur noch wenige Boote auf ihre Besatzungen. Carlo füllt den Anmeldeschein aus und zahlt direkt für drei Tage.

Die Freunde müssen eine Weile suchen, bis sie ihr Boot finden. Am Bug prangt stolz der Name *Marlene.* Es ist eine in die Jahre gekommene Slup, ein Kielboot mit weißem Gaffelsegel. Es wirkt behäbig, der hölzerne Rumpf weist schon etliche Macken auf.

Die beiden Jungen springen beherzt an Bord, dem Mädchen müssen sie auf den wackeligen Kahn helfen. Für sie ist es das erste Mal. Zum Glück ist das Großsegel schon gesetzt, sie müssen sich nur mit der Belegung der Taue und den Beschlägen vertraut machen. Das Mädchen verstaut Taschen, Beutel und den Korb mit dem Proviant in den seitlichen Fächern. Carlo darf ihr die Luftmatratze aufpumpen.

Lucky löst die Leinen, stößt das Boot ab und paddelt, bis Wind in das Großsegel fährt. Gut gelaunt passieren sie die Hafenmole. Lucky zieht die Fock auf. Sie proben das Dichtholen und Abfieren der Segel.

Dann heißt es, sich auf der weiten Seenplatte, mit ihren vielen kleinen Inseln und Engpässen, halbwegs zu orientieren. Ringsum gibt es kleinere Ortschaften mit markanten Kirchturmspitzen, einzelne Gehöfte, kleine Wäldchen, Sendemasten, Wassertürme und Brücken, die als Anhaltspunkte dienen können. Und schließlich sind da noch die vielen Markierungen und Seefahrtszeichen, die sie allerdings nur zum Teil kennen. Vor allem die Vorfahrt der Kursschiffe gilt es zu beachten.

Carlo, jetzt in Badehose und T-Shirt, sitzt an der Ruderpinne, das Mädchen muss die Kommandos lernen. „Aye, aye Käpt´n".

Lucky schaut den beiden amüsiert zu, er lässt die Taue der Großschot lässig durch die Finger gleiten. -*Thor Heyerdahl und sin Crew!* -

Einen Segelschein hat keiner von ihnen, den braucht man in Holland auch nicht. Die Technik des Segelns haben sich die Freunde im Laufe der Zeit eher schlecht als recht selbst beigebracht.

Die drei genießen das lautlose Dahingleiten auf dem ruhigen Wasser. Die Jungen wechseln sich an der Ruderpinne ab. Das Mädchen zieht ihr Kleid über den Kopf, darunter kommt ein knallroter Badeanzug zum Vorschein. „Wow, schau mal, unser Küken mausert sich!" Lucky pfeift durch die Zähne. Das Mädchen verzieht ungnädig den Mund.

Sie kramt in ihrer Tasche nach der Sonnenbrille und dem *Piz Buin*. Dann macht sie es sich mit *Franny und Zooey* auf der Luftmatratze bequem. Carlo darf ihr den Rücken eincremen, sie erzählt von dem Buch. Lucky ist für einen Moment unaufmerksam, das Boot fällt ab, das Großsegel beginnt heftig zu knattern und droht umzuschlagen, hastig korrigiert er den Kurs.

Carlo belegt die Fock und hält die Großschot locker in der einen Hand, mit der anderen krault er dem Mädchen den Nacken. Als seine Hand zudringlich wird, gibt es einen Klaps. „Fummelst du schon wieder an ihr rum!" Lucky schüttelt den Kopf. „Ist das schon Fummeln?" Carlo setzt eine Unschuldsmiene auf.

Lucky klemmt sich die Ruderpinne zwischen die Knie und angelt nach einer Fluppe. Das Mädchen liegt auf der Luftmatratze, ihre gebräunten Beine lang ausgestreckt. Sie schaut hinauf zum Masttopp, der Verklicker tanzt hin und her. Ihr Blick verliert sich in den Weiten eines strahlend blauen Himmels. Das geblähte Segel wirft seinen Schatten auf ihr entspanntes Gesicht.

Sie kaut an einer Lakritzschnecke, zieht sie in die Länge, und rezitiert *Ringelnatz*. - *War einmal ein Bumerang; war ein weniges zu lang. Bumerang flog ein Stück, kam nicht mehr zurück.* - Lucky kitzelt ihre Fußsohle mit dem Ende eines Taus, sie tritt ungnädig nach ihm. -*Publikum, noch stundenlang, wartete auf Bumerang.* -

Nach kurzer Zeit geht der Wind heftiger, das Boot nimmt rasch Fahrt auf. Das Wasser klatscht beim Eintauchen in eine Welle gegen den Rumpf, die Neigung des Bootes nimmt zu. Die Freunde fahren mutwillige Manöver, oft viel zu nahe an den flachen, schilfbewachsenen Ufern, wobei sie alle Regeln, soweit sie diese überhaupt kennen, ignorieren. „Skipper, pass doch auf!". Zwei Stockenten fliegen aufgeschreckt davon.

Die *Loosdrechtse Plassen* bestehen aus zusammenhängenden flachen, weitläufigen Gewässern mit vielen kleinen Inseln und seichten, schilfbewachsenen Uferzonen. Nur die Fahrrinnen der Linienschiffe und Frachtkähne sind tiefer ausgebaggert.

Das Mädchen liegt mit geschlossenen Augen da, sie genießt die Betriebsamkeit um sich herum. Sie horcht auf den sirrenden Fahrtwind, das Rauschen und Glucksen des Wassers, das Knattern und Schlagen der Segel, das Knarren und Ächzen des Baumes. Der kräftig auffrischende Wind wirkt belebend.

„Lecko Fanny, bello fresso mio!" Die Freunde genießen die Herausforderung. Das Boot reagiert einigermaßen gutmütig auf die chaotischen Aktionen und scheint fast alles zu verzelhen. Das Mädchen zleht die Belne an, verschränkt die Arme unter dem Kopf und schaut den beiden amüsiert zu.

Ehe sie sich versehen, wird der Wind launischer und dann zögerlicher. Eine Flaute kommt auf. Das Boot dümpelt auf der fast glatten Wasseroberfläche vor sich hin. Der Wind legt sich vollends.

Carlo springt mit einem flachen Köpper ins Wasser. „Herrlich, kommt rein, hier kann man noch stehen!" Lucky folgt ihm mit einer Arschbombe, das Mädchen bekommt einige Spritzer ab. Die Freunde albern herum, sie versuchen, sich gegenseitig unter Wasser zu drücken. Zurück an Bord, klatschnass, und noch ganz außer Atem, beugen sie sich über das Mädchen und schütteln sich wie junge Hunde. Das Mädchen fährt empört hoch.

„Wir lagen vor Madagaskar und hatten die Pest an Bord....!", grölt Lucky, Carlo fällt mit tiefem Gebrumm ein. *„...in den Kesseln, da faulte das Wasser, und täglich ging einer über Bord!"*. Die Jungen rangeln miteinander und versuchen, sich gegenseitig ins Wasser zu stoßen. *„Ahoi Kameraden, ahoi, ahoi. Leb wohl kleines Madel, leb wohl, leb wohl! Ja, wenn das Schifferklavier an Bord erklingt, dann sind die Matrosen so still, ja so still..."*

„Wie große Kinder!" Das Mädchen schaut auf, ein mildes Lächeln huscht über ihr Gesicht. Schließlich werden die Jungen des Spiels überdrüssig. „Ich bin fix und foxi!" stöhnt Lucky.

Die Flaute hält an. Ermattet drängen die Jungen sich links und rechts neben das Mädchen auf die Holzplanken, eng aneinandergeschmiegt liegen sie unter dem schattenspendenden Großsegel. Sie dösen und genießen das sanfte Schaukeln des Bootes auf dem Wasser.

Carlo greift nach dem Päckchen mit den Selbstgedrehten, nimmt zwei Züge und reicht sie dem Mädchen. Die gibt die Zigarette an Lucky weiter, der pafft nur ein paar Mal eher lustlos.

Das träge Schwappen des Wassers gegen die Bordwand und das einschläfernde Klicken der Takelage wird von dem Kreischen zweier Möwen unterbrochen. Aus zusammengekniffenen Augen beobachtet Lucky den eleganten Flug und die weißen Reflexe der Gefieder. Er greift nach der Hand des Mädchens, sie zieht sie zurück.

Er kramt seine *Hohner* hervor und spielt - *Blowin' in the wind* -. Das Mädchen summt leise den Text. Als Lucky aufschaut, sieht er, wie Carlo sich leicht über das Mädchen beugt und mit ihrer Halskette spielt. „Das wird noch einmal böse enden!"

Das Mädchen öffnet die Augen und sieht die auf ihr ruhenden Blicke. Mit einem verlegenen Lächeln schiebt sie die zudringliche Hand beiseite. Dann richtet sie sich auf und stützt sich auf die Ellenbogen.

„Ihr seid mir schon so zwei!" Entschlossen greift sie nach dem Korb mit dem Proviant. „So Männer, keine Zeit für Sentimentalitäten, ernste Lage, und so weiter!" Drohend senkt sie ihre Stimme. „Ich hab' einen Mordshunger, und wenn ich nicht gleich was zu essen kriege, kann ich verdammt ungemütlich werden!" „Sieh an, unser Küken wird energisch!" Sofort heitert sich die Stimmung auf.

Der selbst gemachte Nudelsalat wird herumgereicht, sie essen aus einer Schüssel. Bei den Frikadellen hat sie sogar an *Löwensenf* und Papierservietten gedacht. Lucky bezeichnet die Fleischklöpse augenzwinkernd als *Freakadellen* oder wahlweise als *Bulletten*. Er ist mächtig stolz auf seine ersten Demoerfahrungen, den Einsatz der Wasserwerfer, und die Rangeleien mit den -*Bullen* -, wie er großspurig angibt, und was man ihm bei seiner schmächtigen Figur nicht so ganz abnehmen mag.

Das Mädchen lehnt sich lachend bei ihm an. Carlo schimpft ihn scherzhaft *Spargeltarzan*. „*Tarzan* unser Superheld, der niemals auf die Schnauze fällt!" Dabei wischt er mit einem Finger durch die Schüssel und schleckt ihn ab.

Die Jungen greifen zu den Bierflaschen, ihrem geliebten *Kö-Pi,* die sie an einer Leine im Wasser hinter sich herziehen. Mit einem Plopp springen die Verschlüsse auf, sie schlagen die Flaschen gegeneinander, Schaum quillt aus dem schmalen Flaschenhals.

Lucky setzt an und trinkt mit gierigen Schlucken. „Leider pisswarm!" Das Mädchen nuckelt an ihrer *Cola*. Die Jungen rülpsen lauthals um die Wette.

Die Hitze lastet schwer auf ihnen. Dazu kommt das quälende Gefühl, zur Untätigkeit verdammt zu sein. Alle drei sehnen sich nach Abkühlung. Die Freunde springen erneut über Bord. Sie stehen bis zum Hals im Wasser. Sie strampeln und lassen mächtige Fontänen aufspritzen. Lucky versucht, auf Carlos muskulöse Schultern zu klettern, dem wird es schnell zu lästig, er wirft ihn ab.

Das Mädchen ziert sich, sie will nicht in diese trübe Brühe springen. Die Jungen klatschen mit den flachen Händen aufs Wasser und prusten vor Vergnügen, wenn sie ein paar Spritzer abkriegt.

Carlo versucht, das Mädchen mit sich über Bord zu ziehen, sie sträubt sich, er lässt nicht locker. „Mein Kind, mich reizt deine schöne Gestalt, und bist du nicht willig, so brauch ich Gewalt?!" Er schmunzelt. „Das könnte dir so passen!" Sie entwindet sich seinem Griff, ihre Fingernägel hinterlassen deutliche Spuren.

„Oh ha, unsere kleine Wildkatze benutzt ihre Krallen!" Er greift fester zu. Lucky kommt ihm zur Hilfe, auch er kriegt einige Kratzer ab. Ein Träger ihres Badeanzuges verrutscht und lässt das Weiß ihrer Brust aufblitzen. Sie zieht den Träger rasch wieder hoch.

Schließlich bekommen die Freunde das Mädchen an Armen und Beinen zu fassen. Sie werfen sie in hohem Bogen über Bord. Carlo springt mit einem triumphierenden Geheul hinterher. Das Mädchen taucht auf, schüttelt ihr nasses Haar und wird böse. Schuldbewusst grienend, versucht Carlo sie an sich zu ziehen, sie schaufelt ihm mit der hohlen Hand einen Schwall Wasser ins überraschte Gesicht.

Lucky zieht beide wieder an Bord. Triefnass baut sie sich vor ihm auf und stemmt die Hände in die Seiten.

„Tolle Leistung! Dass ihr euch nicht schämt! Und du hilfst ihm auch noch! Das habt ihr nicht umsonst getan!" Das Wasser tropft an ihr herunter und bildet auf den Planken kleine Pfützen.

„Haben wir etwa kein Lob verdient?!" Lucky reicht ihr grinsend ein Handtuch und will ihr beim Abrubbeln helfen. Unwirsch wehrt sie ihn ab, wickelt sich in das Handtuch und wringt das nasse Haar aus. „Dreht euch um!" Sie blitzt die Jungen an. Die beiden folgen verschämt grinsend ihrer Aufforderung. Sie zieht im Schutz des Handtuchs den Einteiler aus und schlüpft in ihr Kleid.

4

Kaum ein Windhauch ist zu spüren, die Hitze wird drückend. Das Mädchen liegt ermattet auf ihrer Luftmatratze. Ihr Blick verliert sich in den Konturen der ersten Wolken am Himmel. Die Jungen lassen die Beine im Wasser baumeln. Irgendwann kommt wieder Bewegung ins Boot, das Wasser kräuselt sich, ein leichter Windstoß bewegt die Segel. Die drei atmen erleichtert auf. Sie hoffen auf Abkühlung. Aber schon steht die Luft wieder. Lucky fühlt sich total abgeschlafft. Das Wasser gluckst träge gegen die Bordwand.
Die Jungen erzählen sich Anekdoten aus dem Schulalltag. - Weißt du noch, ...Fitschi und die Sackratten auf der Klassenfahrt in Berlin -, und dann - die Fleischwurst, die man stückchenweise aus der Polstergarnitur von Kalles Eltern pulen musste - oder - die schöne Fischerin vom *Bodensee* mit ihrer serbischen Bohnensuppe - und schließlich - Was ist ein echter Blecky? - Ein Maß für den Grad seiner Übertreibungen! –
Das Mädchen gähnt gelangweilt. „Wie ist es bei dir in der Schule?" Eher lustlos erwähnt sie eine Lehrerin, ein ältliches Fräulein. „Die alte Schreckschraube kann mich nicht leiden!" Mehr ist ihr aber nicht zu entlocken. „Was wirst du denn machen, wenn du mal groß bist? Bestimmt reich heiraten!" Lucky schaut sie herausfordernd an. „Sicher doch, aber garantiert keinen von euch beiden Kindsköpfen!" Die Freunde gehen voller Empörung auf sie los, das Mädchen wehrt sich.
Schließlich reden die Jungen über ihre Pläne nach dem Abitur. Südfrankreich soll das erste Ziel ihrer Reise sein, Lucky ist eher für Italien, er war mit seinen Eltern schon am Gardasee, in Venedig und an der Riviera. Carlo könnte sich auch den Libanon oder Indien vorstellen. „Immerhin waren auch schon die *Beatles* bei *Maharishi Yogi*. Sie wollten ihr Bewusstsein erweitern und spirituelle Erleuchtung erlangen.

Danach kam das *Weiße Album*, aufgenommen in den *Apple Studios.*" Das Mädchen verzieht ihren Mund zu einem spöttischen Lächeln. „Ein bisschen mehr Erleuchtung könnte euch auch nicht schaden!" „Ha, Ha!"

Lucky greift nach seinem Tabakpäckchen. „Lass mich mal!" Das Mädchen dreht unter seiner strengen Anleitung. Sie fährt mit der feuchten Zunge über das dünne Papier und verklebt es mit ihren geschickten Fingern. „Nicht schlecht!" Die Jungen nicken anerkennend, sie darf noch zwei weitere Glimmstängel drehen.

Die Jungen rauchen und stellen sich Aushilfsjobs vor, mit denen sie sich über Wasser halten wollen, - in Kneipen kellnern, Leihwagen überführen, als Erntehelfer arbeiten... - „Habt ihr denn keine anderen Themen, ihr geht mir langsam auf den Wecker!", sie zieht genervt an der Zigarette. „Komm doch einfach mit!" „Mit euch? Habt ihr vergessen, dass ich noch zur Schule gehe?" „Schwänz doch einfach!" Lucky grinst. „Tolle Idee!" Das Mädchen verdreht die Augen und wirft die halbgerauchte Kippe über Bord.

Sie stöhnt unter der Hitze, auf ihrer Haut bilden sich kleine glitzernde Schweißperlen. „Du hast doch Ferien!" Lucky zieht noch einmal an seiner Zigarette und wirft sie ins Wasser, wo sie zischend verlischt. „Da fahre ich mit meinen Eltern weg!" „Das Küken fährt noch mit Mama und Papa in den Sommerurlaub!" Carlo erntet einen vernichtenden Blick. Ein Gewitter scheint in der Luft zu liegen. Sofort sind die lästigen Mücken da. Das Mädchen dreht sich auf den Bauch. Die Mücken scheinen ihre schweißfeuchte Haut zu mögen. Lucky schlägt müde um sich. Er erwischt einen der Plagegeister auf dem Schenkel des Mädchens. Sie fährt erschreckt hoch. „Was soll das!" Unwirsch knufft sie ihn. „Ist das der Dank?!" „Ich habe dich nicht darum gebeten!" Er greift nach ihrem Unterarm. „Zur Strafe gibt es tausend Ameisen!" „Aua, du hast sie wohl nicht mehr alle?!" Sie wehrt ihn schmollend ab.

„Da siehst du, wozu du mich zwingst!", grient Lucky. Carlo schmunzelt. „Kennt ihr den mit dem Lepra-Kranken?" Er zieht an seinen knackenden Fingergelenken. „Sie liebt mich, sie liebt mich nicht..." Das Mädchen fährt hoch. „Igitt, du und deine blöden Pennälerwitze!" Carlo zeigt sein schiefes Grinsen.

Lucky zieht den Stöpsel aus der Luftmatratze. Zischend entweicht die Luft. „Ihr nervt gewaltig! Könnt ihr nicht woanders spielen?" Das Mädchen richtet sich auf, schiebt die Sonnenbrille ins Haar und zupft ihr Kleid zurecht. Über ihrer Nasenwurzel bilden sich zwei tiefe Zornesfalten. „Das Küken nimmt übel!" Mit schuldbewussten Mienen blasen die Jungen die Luftmatratze wieder auf. Der fiese Geschmack von Gummi und Talkum wird mit einem Bier runtergespült.

„Ich muss mal!" „Du, und deine Sextanerblase!" unkt Lucky. Carlo springt über Bord und schwimmt die gut fünfzig Meter hinüber zu einer nahe gelegenen Insel. Er watet durch den Schlick ans flache Ufer, schlägt das Schilfgras beiseite, und verschwindet hinter einem Busch. Ein Graureiher fliegt aufgeschreckt davon. Die Insel ist kleiner als gedacht, er schaut sich ein wenig um.

Am entgegengesetzten Ufer stößt er auf einen Haufen Schwemmgut und Treibholz. Eine gelbe Plastikente wirft er ins Wasser, einen ausgelatschten Fußball kickt er in die Büsche. Etwas weiter weg findet er eine mit Steinen eingefasste Feuerstelle. Er stochert in den verkohlten Resten, sie sind noch warm. Leere Flaschen, Tüten mit Müll und ein gebrauchter Pariser liegen verstreut herum.

Er macht sich auf den Rückweg und schaut hinüber zum Boot, das draußen leise vor sich hinschaukelt. Das Großsegel schwankt sanft im Wind. Keine Spur von Lucky und dem Mädchen. Carlo wirft sich in die Fluten, mit kräftigen Stößen krault er zurück.

„Hallo, keiner da?", er hält sich am Ruderblatt fest und schlägt mit der flachen Hand gegen die Bordwand.

Ganz allmählich tauchen nacheinander die beiden Köpfe mit verlegenen Mienen auf. Das Mädchen zieht ihr Kleid gerade und fährt sich durchs Haar.

Carlo klettert zurück an Bord. „Na, ihr beiden?!" Er sucht nach seinem Handtuch und trocknet sich ab. Lucky schaut hinauf in den Verklicker, als müsse er die Windrichtung prüfen, sein Adamsapfel hüpft auf und ab.

Das Mädchen hat es sich wieder auf der Luftmatratze bequem gemacht. Sie legt ihr Buch zur Seite und schließt die Augen. Carlo zückt seine Kamera. Der Auslöser klickt. Sie liegt da, ihre Lippen umspielt ein nachsichtiges Lächeln. Lucky geht neben ihr in die Hocke und schneidet Grimassen. Schließlich wird es ihr zu bunt, sie richtet sich auf und hält ihre Hand vor die Linse.

Dann, endlich, eine kräftige Brise. Ein Knall, ruckartig bläht sich das Segel auf, strafft sich, das Boot ächzt und nimmt rasch Fahrt auf. Am Ufer neigt sich das Schilf im Wind. Lucky fiert das Großsegel an. Gischt schießt auf, als der Bug in die heran rollenden Wellen eintaucht. Das Mädchen stellt sich an den Mast und lässt den Wind mit ihren Haaren spielen. Die Abkühlung tut gut.

Lucky steuert die Passage zwischen zwei kleineren Inseln an, er gerät in den Windschatten mehrerer Bäume, jetzt muss er ständig kreuzen. Er kommt dabei dem flachen Schilfufer zu nahe, und fährt sich prompt im sandigen Untergrund fest. „Au weia!". Das Mädchen erschrickt. „Spielt ihr Schiffe versenken?"

Carlo springt beherzt über Bord, das Boot bekommt Auftrieb. Mit einigem Kraftaufwand schiebt er es aus dem modrigen Untergrund und bekommt es wieder flott. Beschämt hilft ihm Lucky an Bord. „Auch Zwerge haben klein angefangen!" Carlo grinst und erntet einen unsanften Schlag auf den Hinterkopf. Das Segel strafft sich, das Boot gewinnt wieder an Fahrt.

Eine Jolle schließt zu ihnen auf, der Name *Katja* steht am Bug, belustigt verfolgt die Crew ihre Manöver. Ein kleiner Hund, eine Promenadenmischung, rennt aufgeregt bellend an Deck hin und her, immer zwischen den Beinen der Mannschaft.

„Godverdomme Klootzak!" Die beiden Boote sind fast gleichauf. So nahe am Ufer müssen sie dringend eine Wende fahren. Lucky gelingt es, den Holländern den Wind aus den Segeln zu nehmen. Fluchend fallen sie ab, ihr rostbraunes Segel beginnt kraftlos zu flattern. „Nicht schlecht, Herr Specht!", anerkennend klopft Carlo ihm auf die Schulter, Lucky strahlt. Das Mädchen sitzt im Schneidersitz auf dem Vorderdeck, sichtlich amüsiert winkt sie den holländischen Jungen zu.

Die Freunde wechseln sich an der Ruderpinne ab. Das Mädchen will auch mal steuern, darf aber nur die Großschot übernehmen. Sie sitzt auf dem seitlichen Bootsrand, hält das Tau mit beiden Händen, und lässt sich weit nach hinten raushängen. Lucky fährt eine Wende. Sie soll die Fockschot lösen, den Großbaum mittschiffs holen und dann den Kopf einziehen, unter dem Baum hinwegtauchen und die Seite wechseln.

Das Boot nimmt mächtig Fahrt auf und gerät in eine heftige Schräglage. Mit der Großschot in der Hand lässt sich das Mädchen weit außenbords hängen. Die Jolle der jungen Holländer kreuzt erneut ihren Kurs.

Als eine Fallbö in das Großsegel geht, verliert das Mädchen die Balance. Sie lässt die Großschot fahren, stürzt rücklings ins Wasser und geht sofort unter. Erschrocken versucht Lucky eine Wende. *„Allez, pas op!"* Mit skeptischen Mienen verfolgen die Holländer das Manöver.

Der Schopf des Mädchens taucht etliche Meter weiter hinten aus dem Kielwasser auf. „Do you need some help?" Die Holländer drehen besorgt bei, um das Mädchen aufzufischen. „Hurry up!"

„Wir haben alles im Griff!", brummt Lucky, Carlo wirft ihr eine Leine zu und zieht sie mit dem Bootshaken heran. Das Kleid des Mädchens bauscht sich über einer Luftblase auf. Eine Weile noch neckt Carlo sie und hält sie mit dem Bootshaken auf Distanz. Eine aufgetürmte Welle bricht über ihr zusammen, sie muss heftig Wasser schlucken. Endlich erbarmen sich die Freunde und holen sie zurück an Bord.

Sie trieft vor Nässe, ihr Kleid klebt am Körper. Sie wringt ihre Haare aus und wickelt sich in das Handtuch, das Carlo ihr verstohlen grinsend reicht. Dann stemmt sie die Arme in die Seite und baut sich wütend vor den beiden auf. „Ihr Schufte, Rache ist süß!"

Das Handtuch rutscht ihr von den Hüften. „Das hört sich nach einer Belohnung an!" Carlo greift nach seiner Kamera. Das Mädchen stößt ihn unsanft vor die Brust, ihre Augen blitzen. Sie fröstelt. Lucky leiht ihr eine Turnhose und ein T-Shirt. Die Jungen müssen sich wieder umdrehen. Sie schlüpft in die geliehenen Kleidungsstücke, die Turnhose sitzt etwas knapp, „echt sexy!"

Sie nimmt Carlos Parka und zieht den Reißverschluss hoch bis unters Kinn. Die Hände vergräbt sie tief in den Taschen. Als sie ein paar braune Krümel hervorholt, grinst Carlo. „Hast du Haschisch in den Taschen hast du immer was zu naschen!"

Lucky schaut hinauf in den Himmel. „Jetzt kommt die spannende Phase, wenn *Edwin Aldrin* und *Neil Armstrong* in die Landefähre umsteigen, und sich vom Mutterschiff abkoppeln! Danach beginnt der Abstieg ins *Meer der Stille*. Das Ganze funktioniert übrigens nur auf der hellen, der Erde zugewandten Seite des Mondes." „Wieso eigentlich?" „Auf der Rückseite des Mondes würden die Astronauten in ein Funkloch geraten." „Ah, daher." Das Mädchen schaut so, als hätte sie nicht alles verstanden. Carlo hält das Ruder und tätschelt ihr den Arm. „Du hältst mich wohl für beschränkt?"

„Ach was!" Er zeigt ein unverschämtes Grinsen. Sie zerwuschelt ihm den Lockenkopf, setzt sich zu Lucky auf den Bootsrand und lehnt sich bei ihm an.

„Der Mond zeigt sich uns immer nur von seiner besten Seite, die dunkle bleibt uns verborgen!" Lucky legt einen belehrenden Ton an den Tag, das Mädchen gibt sich schwer beeindruckt. „Bleibt der dritte Astronaut allein im Mutterschiff zurück?!" „Aber ja, *Michael Collins* muss von seiner Position aus das Landemanöver überwachen." Sie nickt verständig. „Ist doch bestimmt ganz schön eng in so einer Kapsel!" „Das kannst du wohl sagen."

Die Sonne steht tiefer, der Wind hat sich gelegt. Jetzt hält das Mädchen die Ruderpinne, Lucky sitzt zu ihren Füssen und lässt die Großschot lässig durch seine Finger gleiten. Carlo hat seine Füße im Kielwasser baumeln. Das Mädchen müht sich, in die Hafeneinfahrt von *Ottenhome* zu gelangen. Das Boot gleitet durch das ruhige Wasser, vorbei an dem kleinen Signalturm auf der Mole. Zwei Angler verfolgen mit mürrischen Blicken ihre Annäherungsversuche, schließlich ziehen sie entnervt ihre Angeln ein.

Als ihr das Ganze zu kompliziert wird, lässt das Mädchen sicherheitshalber Carlo ans Ruder. Er versucht, Fahrt rauszunehmen, Lucky holt die Fock ein und refft das Großsegel. An Mast baumelt der nasse rote Badeanzug, wie eine frisch erbeutete Trophäe.

Etliche Boote haben schon am Anleger festgemacht. Die drei halten nach einem freien Platz Ausschau. Das Mädchen entdeckt eine Lücke. Um weiter Fahrt raus zu nehmen, probiert Carlo es mit einem Aufschießer, eine Böe fährt in das Großsegel, er schrammt an einem der Boote entlang und rammt ein anderes.

Obwohl Lucky angestrengt versucht, das Boot mit dem Paddel zu bremsen, kann er nicht verhindern, dass es mit einem heftigen Rums gegen den hölzernen Steg knallt. „Treffer! Versenkt!"

Die Bootsmänner von *Ottenhome*, die ihnen wild gestikulierend entgegenkommen, springen erschrocken zur Seite. Carlo schaut betreten drein. Lucky ist peinlich berührt, er holt das Großsegel ein, dabei knallt der Mastbaum unsanft auf's Deck. *„Ächz, stöhn!"*
Er belegt die Taue, während das Mädchen, mit der Leine in der Hand, auf den Steg springt. Ein Bootsmann nimmt sie ihr vorsichtshalber ab und macht das Boot fachmännisch mit einem Palsteg fest. Verächtlich spuckt er seinen Kautabak ins Wasser.

5

„Wir gehen schon mal vor!" Lucky klopft vorsichtig gegen die Tür zum Badezimmer. Von drinnen hört man nur die Geräusche der Dusche. Carlo klopft etwas energischer. „Ja doch!" „Sollen wir auf dich warten?" „Geht schon mal vor, ich komme gleich nach!" Lucky zögert, Carlo verdreht die Augen. „Sie kommt schon alleine klar. Ich habe einen gewaltigen Schmacht!" Carlo zieht Lucky mit sich fort.
Der Geruch von frischen Pommes hängt in der Luft. Lucky schaut hinauf in den abendlichen Himmel. „Jetzt sind die beiden bereits in die Fähre umgestiegen. Als Nächstes werden sie sich von der *Columbia* abkoppeln. Dann beginnt der Anflug auf das Zielgebiet im *Meer der Stille!*" Lucky strahlt vor Begeisterung. „Das ist wahre Präzisionsarbeit!" Carlo klopft Lucky, dem kleinen *NASA*-Spezialisten, freundschaftlich auf die Schulter. „Wie die drei sich da oben wohl gerade fühlen?" Lucky zuckt nur mit den Schultern.
Die Freunde sitzen am Anleger von *Ottenhome*. In ihren Gesichtern zeigt sich die Röte eines leichten Sonnenbrandes. Sie fühlen sich von dem Tag auf dem Wasser ein wenig benommen. Die Luft ist mild, und das Holz der Planken noch warm von der Hitze des Tages. Während sie auf das Mädchen warten, bestellen sie sich schon mal ein Bier.
„Auf uns!" Carlo hat sein *Che Guevara* T-Shirt an, Lucky trägt eins mit dem Spruch -*Save water, bath with a friend* -. Sein Bruder hat es ihm aus London mitgebracht. Lucky holt sein Schweizermesser aus der Hosentasche und balanciert die Spitze der Klinge auf einer Fingerkuppe.
An der Bretterwand des Bootshauses hängt ein verblichenes Werbeplakat, darauf ein blondes *Meisje* in holländischer Tracht und Spitzenhäubchen. Verführerisch lächelnd lockt sie mit einem frischen *Matjes*. Während sie auf das Mädchen warten, versucht Lucky sich als Messerwerfer.

Die Klinge bleibt zitternd im Mieder des *Meisjes* stecken. „Yeah!" Stolz zieht er das Messer aus dem Holz und reicht es Carlo. Der trifft den *Matjes*.

Das Mädchen kommt, sie strahlt, ihre Haare sind noch feucht. An ihrem Handgelenk baumelt eine *Minox*. „Wo hast du die denn her?" Lucky ist verblüfft. „Mein Vater hat sie mir großzügigerweise überlassen. Es darf bloß nichts drankommen." „Sieh an, Papas verwöhnte kleine Prinzessin! Zeig doch mal her" Carlo ist beeindruckt, das Fotografieren ist sein Metier. „Eine *Minox C* mit automatischer Belichtungsmessung. Wird vor allem von Spionen geschätzt!"

Mit Kennerblick erläutert er den beiden die Kamera und vergleicht sie, mit einer Spur Enttäuschung in der Stimme, mit seiner *Rollei 35*, die gerade als die innovative Kleinbildkamera auf den Markt gekommen ist.

Mit skeptischer Miene fragt Lucky: „Willst du damit etwa die Mondlandung fotografieren?". Mit einem schrägen Seitenblick nimmt das Mädchen die *Minox* wieder an sich.

„Wie sieht die Welt wohl von da oben aus?" Sie streicht sich eine Strähne aus dem Gesicht und schaut hinauf in den Himmel. „Es gibt so ein herrliches Foto, aus dem Weltall, da sieht man unseren Planeten in einem wunderschönen Blau erstrahlen. Die Erdoberfläche besteht immerhin zu 2/3 aus Wasser, 97% davon machen die Ozeane aus!" Lucky starrt ebenfalls hinauf in den abendlichen Himmel, und hofft, irgendeine Spur von *Apollo 11* zu entdecken.

Mit Heißhunger verdrücken die drei *Saté-Spießchen*, *Kroket speciaal* und *Fritten* von giftgrünen und bonbonrosa Plastiktellern. „Echt smakelijk!" Die Stimmung steigt mit jedem Bissen. Die Jungen stibitzen die Pommes vom Teller des Mädchens, sie lässt es gnädig geschehen.

Die tief stehende Sonne streift die Pappelreihe am Kanal, und wirft ihr warmes Licht auf die friedliche Szene. Mit gerefften Segeln laufen die letzten Boote ein.

Mauersegler verfolgen im Tiefflug Schwärme von Mücken, sie jagen dabei knapp über der grauschwarz schillernden Wasseroberfläche. Am Steg springt ein Fisch aus dem Wasser und lässt sich klatschend zurückfallen. Zwei Möwen nähern sich im Tiefflug. Ihr Kreischen durchbricht für einen Moment die Stille.

Das Mädchen dreht eine Zigarette. Die Jungen beobachten aus den Augenwinkeln, wie sie das dünne *Gizeh-Papier* mit der Zunge anfeuchtet. Carlo gibt ihr Feuer und wedelt das brennende Streichholz aus. Er verbrennt sich dabei fast die Finger. Die drei rauchen schweigend und schauen hinaus aufs Wasser. Das Mädchen macht ihr erstes Foto.

Am Hotel wird eine Tür aufgestoßen, die ersten Gitarrenriffs von - *Jumpin´ Jack Flash* - dringen heraus. „*Brian Jones* ist erst vor einigen Tagen tot aus seinem Swimmingpool gefischt worden." Carlo klopft den Rhythmus auf seinen Schenkeln. „Der war bestimmt mal wieder stoned!"

Die Tür geht wieder zu und die Musik verstummt. „Er und *Mick Jagger* konnten sich zuletzt nicht mehr ausstehen, wahrscheinlich haben sie sich deswegen getrennt." „War nicht *Anita Pallenberg* der Grund?" „Das war doch *Keith Richards*." Lucky grinst. „Du meinst wahrscheinlich *Marianne Faithfull*?" „Ich blick nicht mehr durch!"

Das Mädchen mischt sich ein. „Das sind doch genau die Jungs, vor denen uns unsere Eltern immer gewarnt haben." „Oh ja, du vorlaute Göre." Carlo erntet einen vernichtenden Seitenblick.

Mit einem versöhnlichen Grinsen tätschelt er ihre Wange und erwähnt den mysteriösen Unfall des jüngeren Bruders von *J. F. K.* „*Ted Kennedy* ist nach einer Party auf der Insel *Chappaquiddick* mit seinem Auto vom Weg abgekommen, und von einer Brücke gestürzt. Er konnte sich aus dem Wagen befreien und ans Ufer retten, seine hübsche Mitarbeiterin *Mary Jo Kopechne* ist ertrunken."

„Der Wagen ist im hohen Bogen durch die Luft geflogen, hat sich mehrfach überschlagen, und ist schließlich verkehrtherum im Wasser gelandet!" Luckys Stimme knistert vor Begeisterung.

Die Jungen spekulieren wild drauflos. Sie reden über den Fluch, der über dem *Kennedy Clan* zu schweben scheint, während sich das Mädchen schaudernd vorstellt, wie die junge Frau vergeblich versucht hat, sich aus dem sinkenden Wagen zu befreien. „Vielleicht hat sie noch eine Zeit lang hilflos in einer Luftblase überlebt?" Die schreckliche Vorstellung lässt sie nicht los. Um sie abzulenken, kommen die Jungen wieder auf ihre Pläne zu sprechen, das Mädchen will sich partout nicht beruhigen lassen.

In den letzten Jahren haben die beiden Freunde regelmäßig in den Ferien gejobbt, und sind auch vor der dreckigen Maloche in einer Kokerei nicht zurückgeschreckt. - *Schlauchi* - nannten sie ihren Vorarbeiter, der sie - die feinen Herren Gymnasiasten – triezte, wo er nur konnte. Mit Vorliebe ließ er sie alte Getriebe reinigen, oder unter irgendeinem fadenscheinigen Vorwand in schwindelerregender Höhe über die Gitterroste der Hochöfen klettern.

Mit dem zusammengesparten Geld wollen sie jetzt, nach bestandenem Abitur, eine Zeit lang abhauen. Das entsprechende Auto dafür haben sie schon vor gut einem halben Jahr aus dritter Hand gekauft. Beiden ist es erfolgreich gelungen, sich vor der Bundeswehr zu drücken. Lucky hat trickreich den Wehrdienst verweigert. Carlo musste bei der Musterung ein wenig mit *Captagon* nachhelfen. Er und sein Kreislauf gingen, wie zu erwarten, in die Knie.

Das Mädchen hat partout keine Lust auf diese Geschichten. Sie will die Sommerferien zusammen mit ihren Geschwistern und den Eltern an der Costa Brava verbringen. Ihre Familie hat in Fanals eine Ferienwohnung. Von Düsseldorf geht es mit dem Autoreisezug bis Narbonne. „Wow, die vornehme Welt!"

Das Mädchen lässt sich nicht beirren, sie schwärmt vom smaragdgrünen Wasser und den vielen verschwiegenen kleinen Buchten. Und sie erzählt von traumhaften Sonnenuntergängen über dem Meer.

Dann erwähnt sie das *St. Trop* in Lloret de Mar, die Diskothek, die gerade schwer in Mode ist. Leise lässt sie *Sympathy,* ihren Lieblingssong von den *Rare Birds* anklingen. Spontan kommt sie auf die Idee, die beiden Jungen dorthin einzuladen. „Was werden denn deine Eltern dazu sagen?" „Die sind in Hamburg und wissen noch nichts von ihrem Glück!", ist ihre schnippische Antwort.

Die beiden Freunde malen sich aus, wie es sein könnte, zu dritt in Spanien unterwegs zu sein. Jeder hat da so seine eigenen Vorstellungen. Sie jonglieren mit den bunten Plastiktellern.

Beim Einsetzen der Dämmerung sitzen die drei noch immer auf dem Bootssteg und genießen den Blick auf die sich im sanften Abendwind wiegenden Masten. Außer den heiseren Schreien der Möwen ist das leise Knarren der Boote zu hören. Von Ferne weht leise Bluesmusik zu ihnen herüber. Eine leichte Brise lässt das Mädchen in ihrem dünnen Kleid frösteln. Carlo versucht, einen Arm um sie zu legen, sie wehrt ihn ab. "Jetzt lass sie doch mal in Ruhe!"

Sie rauchen schweigend. Das Mädchen schaut hinauf in den rötlich-violett gefärbten Himmel, so als suche sie den ersten Stern am Firmament. Ein nicht ganz halber Mond steigt blass am Horizont auf. „Haben wir eigentlich zunehmenden oder abnehmenden Mond?" Carlo ist sich nicht ganz sicher. „Zunehmend!" Sie zeichnet, um sich zu vergewissern, das altdeutsche -Z- mit der Rundung rechts, in die Luft.

Lucky lobt ihr Allgemeinwissen. Sie lässt sich von seinem spöttischen Unterton nicht beirren. -*Der Wald steht schwarz und schweiget, und aus den Wiesen steiget, der weiße Nebel wunderbar.* -Carlo schaut Lucky ratlos an, der verdreht nur die Augen. „*Rilke*?" „Nee, *Matthias Claudius!*"

Das Mädchen fährt unbeeindruckt fort. - *Seht ihr den Mond dort stehen? Er ist nur halb zu sehen, und ist doch rund und schön! So sind wohl manche Sachen, die wir getrost belachen, weil unsre Augen sie nicht sehen.* -

„Da ist aber jemand ausgesprochen gut im Gedichte aufsagen!", neckt Carlo sie mit einem gönnerhaften Grinsen. Das Mädchen bläst sich unwirsch eine Strähne aus dem Gesicht. Lucky zeigt hinauf in den Himmel. „Er ist heute nicht ganz so rund, er wirkt eher etwas zerknautscht!" „Wahrscheinlich ahnt er, was da heute noch auf ihn zukommt!"

Carlos Stimme wird versöhnlich. „Haben sie dich auch immer damit gequält, diesen ganzen Mist auswendig zu lernen?" Lucky fällt ein Kinderreim ein. - *Der Mond ist rund, der Mond ist rund, er hat zwei Augen, Nas' und Mund!* - „Alberner Kerl!" Das Mädchen boxt ihn auf den Oberarm. „In den romanischen Sprachen ist der Mond übrigens weiblich. *La lune, la luna...*"

„*Die Mondscheinsonate*, die Mondfrau, aber das Mondkalb!", fällt Carlo dazu ein, das Mädchen rollt die Augen. „Der *Mondscheintarif*, der *grüne Halbmond, Honeymoon, Peterchens Mondfahrt* und *Schlösser, die im Monde liegen...!*", ergänzt Lucky mit einem schelmischen Grinsen. „Und von wem ist die *Mondnacht?*" Das Mädchen schaut ihn aus listig funkelnden Augen an. „*Rilke?!*" „*Eichendorff*, du Banause!" „Du und deine bourgeoise Erziehung!"

Ein drolliger kleiner Hund, eine Promenadenmischung mit weißen Flecken über den Augen, gesellt sich zu ihnen. Neugierig beschnuppert er das Mädchen mit seiner feuchten Schnauze, und lässt sich von ihr hinter den Ohren kraulen. Lucky drängt dazu, aufzubrechen, er greift nach seiner Jacke. „Bist du etwa mondsüchtig?" Das Mädchen stupst ihn an. „Nein, somnambul!" Lucky schaut ihr treuherzig in die Augen.

Die beiden Freunde legen einen Spurt ein, der Hund läuft freudig bellend nebenher.

Lucky geht schnell die Puste aus, er gibt sich geschlagen. Das Mädchen drängt sich zwischen die beiden und hakt sich bei ihnen unter.

Sie trägt eine bunte Glasperlenkette zu ihrem kurzen, weißen Trägerkleid und läuft etwas staksig auf ihren Plateausohlen. Ihre großen Ohrringe klimpern bei jedem Schritt. Die Augen hat sie mit einem Kajalstift schwarz umflort.

Lucky schnuppert an ihrem Nacken. „Hm, du riechst gut!" Carlo vergräbt seine Nase an ihrem Hals. „Lasst das, ihr albernen Kerle, das kitzelt!" Sie kichert und knickt mit dem Fuß um. „Da ist aber jemand etwas unsicher auf den Beinen!" Sie stupst ihn unsanft in die Seite.

Die drei gehen die wenigen hundert Meter die Dorfstraße hinunter zur *Heineke-Bar*. Dort ist abends immer was los, und es gibt einen Fernseher. Der Hund begleitet sie noch ein Stück, dann folgt er einer neuen aufregenden Spur.

6

Das *Heineke* ist rappelvoll. Eine warme Dunstwolke aus Bier und Haschisch wabert ihnen entgegen. Der Raum ist verqualmt und in ein schummerig diffuses Licht getaucht. Der Fußboden ist übersät mit Erdnussschalen. Bei der lauten Musik verstehen sie kaum ihr eigenes Wort. Die drei schauen sich suchend um.

Über allen Köpfen hängt ein Schwarz-weiß Fernsehapparat, ein massiges Röhrengerät, auf dem die verschwommenen Bilder zur Mondlandung laufen. Man sieht die silbrig glänzende Raumkapsel, sie dreht sich unendlich langsam auf ihrer Umlaufbahn. In langen Sequenzen laufen die nichtssagenden Bilder aus der Bodenstation in Houston. Die langatmigen Kommentare der *NASA*-Spezialisten haben etwas Ermüdendes.

Die Freunde gehen vor zur Theke. Sie treffen auf eine Gruppe junger Holländer, die dort rumhängen. -Hallo! *He* - Sie waren sich heute schon auf dem Wasser begegnet. Die flachsblonden Typen heißen Jan, Hein, Claas und Pit, sie trinken Bier und knabbern Erdnüsse. Schnell kommen sie miteinander ins Gespräch.

Claas macht ein paar abfällige Bemerkungen über den deutschen Fußball, er erwähnt ganz stolz, dass *Ajax* den Europapokal gewonnen hat. *„Oranje Boven!"* Er reckt die Faust triumphierend empor.

„Godverdomme, ihr Moffen", amüsiert kommentiert die Crew der *Katja* die chaotischen Segelmanöver der beiden Freunde. Das Mädchen ist sofort von den Jungs umringt, sie flirten mit ihr, und sie genießt es. Im Hintergrund läuft das Fernsehprogramm. Die Kommentare gehen bei der lauten Musik unter.

Lucky schaut auf seine Armbanduhr, die Aufmerksamkeit in der Kneipe richtet sich allmählich auf die flimmernden Bilder über ihren Köpfen.

Dann, mit einem Mal, werden die geplärrten Kommandos aufgeregter, die Landefähre wird abgekoppelt. Die aufkommende Nervosität in der Bodenstation ist förmlich zu spüren.

Zwischendurch gibt es Bilder aus dem Mutterschiff, in dem *Michael Collins* allein zurückgeblieben ist. In völliger Schwerelosigkeit schwebt ein undefinierbarer Gegenstand im Zeitlupentempo über seinem Kopf. Langsam nähert sich die Landefähre der Mondoberfläche.

Alle rücken zusammen, die Spannung nimmt zu. Das Mädchen drängt sich zwischen die Freunde und nimmt sie in ihre Arme. Erwartungsvolle Kommentare machen die Runde. Jemand dreht die Musik leiser. In flimmernden und unscharfen Bildern sehen sie die Landefähre, wie sie sich langsam, Meter um Meter, dem *Meer der Stille* nähert. Dann ist von einer Störung die Rede, es gibt Probleme mit dem Computer. Der Kommentator spekuliert, ob man die ganze Aktion überhaupt noch abbrechen kann.

Nervosität und Hektik in der Bodenstation nehmen spürbar zu. So weit zu verstehen ist, steuert der Autopilot, infolge Überlastung des Bordcomputers, die Landefähre auf ein Geröllfeld abseits der vorgesehenen Stelle zu. *Neil Armstrong* muss zur Handsteuerung greifen. Der Treibstoff wird langsam knapp.

Es verschlägt allen den Atem. Carlo knackt Erdnüsse. Das Mädchen kaut nervös an ihrer Lakritzschnecke. Lucky starrt gebannt auf den Bildschirm. Im Zeitlupentempo setzt die Landefähre schließlich an einem Kraterrand auf, gut 500 Meter weiter westlich als ursprünglich vorgesehen. Die dünnen Spinnenbeine tauchen tief in den Boden ein. Staub wirbelt auf.

- *The eagle has landed* -, ertönt die Stimme aus dem Off. Im Raum ist es totenstill. *Neil Armstrong* stellt die Triebwerke ab.

In der Kneipe halten alle den Atem an, man lauscht den kaum verständlichen Befehlen und Kommentaren. Die drei stehen eng umschlungen beieinander.

Carlo flüstert dem Mädchen etwas ins Ohr. Sie lacht auf, er drückt sie an sich. Lucky putzt seine Brille und schaut gebannt auf die flimmernden Fernsehbilder. Jetzt wird es, laut Plan, noch einige Zeit dauern, bis der erste Mensch endlich den Mond betritt.

Lucky schiebt einen Bierdeckel unter den wackligen Stehtisch und bestellt eine Runde *Pilsje* und einen *Genever*, den er in einem Zug runterkippt. Carlo dreht Zigaretten. Er fragt so ganz nebenbei in die Runde, wo man hier wohl Gras bekommt. Einer von den Jungen deutet auf einen blond gelockten Typen in einer Fantasieuniform a là *Sgt. Pepper*. Er heißt Pim, und bandelt gerade mit dem Mädchen an, was ihr keineswegs zu missfallen scheint. Ihr Lachen ist eine Spur zu laut.

Die beiden Freunde sind erst einmal abgeschrieben. Mit ratlosen Mienen gehen sie rüber an den Flipper. Zwei schrill aufgemachte junge Frauen gesellen sich zu ihnen. Die eine, im knappen Minikleid und mit bunten indischen Ketten behängt, schnorrt Lucky um eine Zigarette an. „Hallo, I'm Haesje Claes!" Sie beugt sich vor, bewundert die Kratzspuren an seinen Armen und spielt mit dem Amulett aus einem Tigerzahn an seinem Hals.

Was für ein Name, denkt Lucky und gibt ihr Feuer. Die andere, Sally, ist Engländerin. Unter ihrem engen, ärmellosen Rollkragenpullover zeichnen sich ihre Brüste ab, ihre langen Beine stecken in Hotpants.

„Pleased to meet you!" Sie wirft ihre blonde Löwenmähne zurück. Carlo ist gerade dabei, das Spiel zu gewinnen. Er verzockt sich - *tilt* -. Verärgert haut er auf den Kasten.

„Werde doch nicht immer gleich so fickerig", frotzelt Lucky.

„Du hast gut reden."

Carlo ist die Enttäuschung ins Gesicht geschrieben. Er wendet sich ab und legt Sally versöhnlich den Arm um die Taille, sie schmiegt sich an ihn. Ihr üppiger Busen hat es ihm angetan. Schließlich übernimmt Sally den Flipper, sie stellt sich zu Carlos Erstaunen äußerst geschickt an.

Derweil redet ihre Freundin in einem Kauderwelsch aus Englisch, Deutsch und Holländisch auf Lucky ein. Wegen der lauten Musik, und abgelenkt durch den Flipper, kriegt er nur die Hälfte mit. Haesje Claes legt ihre Hände mit den lackierten Fingernägeln auf seine Schulter, ihre Silberreifen klimpern. Sie bewundert sein bedrucktes T-Shirt. - *save water bath with a friend* - „Nice idea!" Lucky errötet.

Er ist dran. Mit einigem Geschick versucht er, die silberne Kugel an den vielen Hindernissen vorbei durch den Parcours zu treiben. Mit viel Ächzen und Stöhnen hält er sie im Spiel. Aber dann eine kleine Unaufmerksamkeit, und weg ist die Kugel. Enttäuscht schlägt er auf die Glasplatte. Carlo kommt an die Reihe.

Lucky wird sofort wieder von Haesje Claes in Beschlag genommen. Sie erzählt, dass sie aus Amsterdam ist und irgendwas mit der *Nederlands Dans Company* zu tun hat. Sie hat hellblaue Augen, ein offenes Gesicht, und einen lachenden Mund. Lucky lehnt sich bei ihr an, er spürt ihre festen Brüste durch das dünne Kleid. Ihr selbstbewusstes Auftreten und ihre natürliche Freizügigkeit schüchtern ihn ein.

Carlo gibt sich lässig, mit drei oder vier *Genever* und etlichen *Pilsjen* intus, versprüht er seinen schrägen Charme. Lange passiert auf dem Fernsehschirm nicht viel, immer nur die gleichen Bilder aus der Bodenstation im *Kennedy-Space-Center*. Öde Kommentare und unverständliche Kommandos wechseln sich ab. Die beiden Astronauten in der Landefähre bereiten sich derweil intensiv auf ihren Ausstieg vor. Bevor sie ihren ersten Mondspaziergang unternehmen, müssen sie schließlich erst noch in ihre unförmigen Raumanzüge klettern.

Die Musik wird wieder lauter gedreht, es wird geredet und getanzt. Während Lucky Haesje Claes lauscht, geht sein Blick immer mal wieder hinüber zu dem Mädchen, das sich glänzend zu amüsieren scheint. Sie genießt es offensichtlich, umschwärmt zu werden. Der Typ mit dem lässigen Gehabe, flüstert ihr etwas ins Ohr, sie kichert. Dabei spielen seine Finger mit ihren Haaren. Er scheint mächtig stolz auf seine geblümte Schlaghose zu sein.

Als - *Nights in white satin* - gespielt wird, hält es Lucky nicht mehr aus. Mit schmachtendem Blick versucht er, das Mädchen auf die Tanzfläche zu locken, sie wehrt ihn ab. Er versucht, sie an sich zu ziehen. Sie verzieht unwillig das Gesicht und legt abwehrend eine Hand auf seine Brust. Sie kichert, sie hat schon einen kleinen Schwips. Die Umstehenden frotzeln.

„Sei doch nicht so zickig, du zierst dich doch auch sonst nicht so!", brummt Lucky. „Ich bin nicht zickig, merk dir das!", zischt sie. „Ich mag nur gerade jetzt einfach nicht!" Sie blitzt ihn herausfordernd an. Lucky ist irritiert und will schon aufgeben, da zieht das Mädchen ihn mit einer versöhnlichen Geste an sich.

Sie legt ihren Kopf an seine Schulter. Die beiden drehen sich eng umschlungen zu der psychodelischen Musik von den *Moody Blues*. Ihr duftendes Haar streift sein Gesicht. Pim tanzt sie mit einer unverschämten Geste an. „Merkst du nicht, dass dieser Typ dich aufreißen will?!" „Na und! Was geht es dich an?", ein spöttischer Zug umspielt ihren Mund. Lucky zieht sie an sich. „Lass‘ uns vor die Tür gehen?!", raunt er ihr zu. Als sie nicht reagiert, presst er seine Lippen auf ihren Hals. „Lass das, ich hasse das!" Sie schüttelt ihn entnervt ab. Erdnussschalen knacken unter ihren Füssen.

Carlo lungert am Flipper rum. Aus den Augenwinkeln beobachtet er die beiden, die sich eng umschlungen zur Musik drehen.

Carlo nimmt einen großen Schluck aus seinem Bierglas, wischt sich den Schaum vom Mund und lächelt verkniffen.

Als *Keith Richards* erster Gitarrenriff zu - *Satisfaction* - erklingt, ist Carlo nicht mehr zu halten, er greift sich Sally. Er tanzt wild und ungebremst, schwingt die Hüften so lasziv wie *Mick Jagger*, und röhrt ihr ins Ohr. Sie schiebt ihn lachend von sich. Die Lautsprecher wummern. Einige Jungen trommeln den Takt auf den Tischen, einer schlägt zwei Löffel wie ein Tamburin.

Mit einem provozierenden Schwung rempelt Carlo den Freund an. „Na, hast du dir eine Abfuhr eingehandelt?", er zwinkert dem Mädchen zu und schenkt Lucky ein unverschämtes Grinsen. „Habt ihr beiden denn keine anderen Sorgen?!" Das Mädchen schüttelt verständnislos den Kopf und verschwindet hinüber an die Theke.

Endlich, nach einer kleinen Ewigkeit und weiteren, ätzend langweiligen Aufnahmen aus der Bodenstation in Houston, sieht man, wie die Luke an der Landefähre geöffnet wird. Eine Leiter wird ausgeklappt. *Neil Armstrong* erscheint in seinem unförmigen weißen Raumanzug mit den vielen Schläuchen und dem großen Tornister am Rücken. Sein Gesicht bleibt hinter der verspiegelten Scheibe seines Helms verborgen.

Unbeholfen wie ein Käfer klettert er Stufe um Stufe die Leiter herab. Um 3:56 mitteleuropäischer Zeit betritt er als erster Mensch den Mond. Seine klobigen Stiefel sinken in den weichen Boden ein. Man hört seine Stimme von ganz weit weg. - *that's one small step for man... one giant leap for mankind!* -

In der Bodenstation hält es die vielen an der *Apollo-Mission* beteiligten Mitarbeiter nicht mehr auf den Stühlen. Jubelnd springen sie auf und fallen sich erleichtert in die Arme. Dann wendet sich die Aufmerksamkeit wieder *Neil Armstrong* zu.

Seine ersten Schritte auf der Mondoberfläche wirken unbeholfen. „Irgendwie komisch!", findet das Mädchen. „Er hüpft wie ein Känguru!" erwidert sie mit einem schelmischen Lächeln. „Die Anziehungskraft auf dem Mond beträgt nur ein Sechstel von der auf der Erde", versucht Lucky ihr zu erklären. *Neil Armstrong* beugt sich herab, und nimmt mit einer Art Kescher eine erste Bodenprobe.

Edwin Aldrin, der Kommentator nennt ihn - *Buzz* -, erscheint in der Ausstiegsluke und klettert die Leiter hinunter. *Neil Armstrong* filmt seine ersten tapsigen Schritte mit einer klobigen Handkamera, einer *Hasselblad*, wie Carlo weiß. *Buzz Aldrin* winkt, wie ein großer Junge, aufgeregt in die Kamera, auch seine Emotionen bleiben hinter der spiegelnden Scheibe seines Helms verborgen. Auf der Mattscheibe erkennt man die Abdrücke, die die *Moonboots* auf dem weichen Boden hinterlassen.

Die Sonne wirft lange Schatten auf die Mondoberfläche. „Die Landschaft wirkt wie eine großartige Einöde, kein Baum, kein Strauch!" Carlos halblaute Bemerkung hat etwas Despektierliches. Das Mädchen lacht auf, er drückt sie an sich.

Schließlich entrollen die beiden Astronauten das Sternenbanner, und *Neil Armstrong* rammt den Stab in den Boden des Erdtrabanten. *Buzz Aldrin* salutiert vor dem Banner. Das Mädchen hält diesen Moment mit ihrer *Minox* fest.

Eben noch herrschte andächtige Stille im Raum, jetzt brandet beifälliges Raunen auf. Die Gäste sinken sich erleichtert in die Arme. Sally wischt sich eine Freudenträne aus dem Augenwinkel.

Die Stimmung ist enthusiastisch und der Moment günstig. Voller Begeisterung knutscht Haesje Claes die Umstehenden ab. Auch Lucky kommt an die Reihe. Was für ein feuchter Kuss, er wischt sich lachend den Mund ab. Ein Joint wird herumgereicht.

Als *Richard Nixon* auf dem Bildschirm auftaucht, um der Mannschaft zu gratulieren, gibt es Buhrufe, die Musik wird wieder laut gedreht. - *Major Tom* -, die androgyne Stimme von *David Bowie* ist zu hören. Einige der Anwesenden singen den Text mit. Pim, der Angeber, kommt und tanzt das Mädchen an. Carlo versucht ihn daran zu hindern. *„Allez, pass op!"* Pim baut sich drohend vor ihm auf. Carlo lässt sich nicht beirren, er schubst ihn unwirsch zur Seite. Das Mädchen geht dazwischen und trennt die beiden.

„Godverdomme Klootsak!" Ein an beiden Armen tätowierter, muskelbepackter Hüne stellt sich Carlo in den Weg und pöbelt ihn an. *„- Zapfenstreich! - Piss off!"* Er scheint völlig betrunken zu sein.

„Ich muss mal." Lucky drängt sich an ihnen vorbei und schwankt in Richtung Klo.

7

Lucky steht am Pissoir-Becken. Alles um ihn herum dreht sich, er muss sich festhalten. Er hat zu viel getrunken. Und dann das Kiffen. Er hat noch nie viel vertragen. Lucky lehnt sich gegen die wohltuend kühle Fliesenwand. Die Ereignisse der letzten Stunden gehen ihm wirr durch den Kopf. Eine Fliege umschwirrt ihn. Er scheucht sie fort und wankt zurück an die Theke. Hier sieht er, dass sich die Kneipe schon weitgehend geleert hat. Carlo und das Mädchen sind wie vom Erdboden verschluckt.

Haesje Claes kommt mitleidig lächelnd auf ihn zu und hält ihm einen Joint hin. „Wo sind die beiden? „I realy don`t know!" Ihr Gekicher nimmt er wie durch Watte wahr. Ein herausfordernder, alkoholfeuchter Kuss, Lucky ekelt sich. „Lass mich!" Er reißt sich los und stolpert nach draußen. Ein zerbrochenes Glas knirscht unter seinen Füßen. Sally und Haesje Claes schauen ihm verwundert hinterher. „Oh my God!" Mit einem Mal prusten die beiden los. Ihr mitleidloses Lachen hallt noch lange in seinen Ohren nach.

In der feuchten, kühlen Nachtluft wird er auf einen Schlag nüchtern. Eine schmerzhafte Ahnung und brennende Eifersucht steigen in ihm auf. Dann diese Leere, das Gefühl des Verlassenseins. Lucky muss würgen, und erbricht in den Rinnstein. Er wischt sich den Mund am T-Shirt ab und trottet unschlüssig in Richtung Hotel. Der säuerliche Geschmack bleibt. Der Boden unter seinen Füssen schwankt bedenklich.

Eine Meute von angetrunkenen Jungen zieht grölend vorbei. Lucky stolpert runter an die Anlegestelle, sie liegt verlassen in der nächtlichen Finsternis. Die Boote zerren schläfrig an ihren Tauen. Auch auf dem hölzernen Steg von den beiden keine Spur.

Lucky lässt sich auf den taufeuchten Planken nieder. Einzelne Lichtreflexe huschen über die dunkle Wasseroberfläche. Der kleine Hund kommt und stupst ihn an. Lucky schiebt ihn ungnädig beiseite. Seine Schläfen hämmern. Er will nach den beiden rufen, aus seinem Mund kommt nur ein raues Krächzen.

Eine Weile stiert er hinaus in die finstere Nacht. Die fahle Mondsichel ist gerade dabei, sich hinter einer einzelnen Wolke zu verstecken. Der Schrei eines Nachtvogels. Dann ist wieder nur das leise Glucksen des Wassers und das Knarren der Boote zu hören. Eine Tür schlägt zu, Lachen verklingt.

Lucky fühlt sich mit einem Mal so unendlich schwer und plump, er sehnt sich danach, wie ein Astronaut, völlig schwerelos durchs All zu schweben. Er bekommt Schmacht auf eine Zigarette. Schwerfällig erhebt er sich, eine kurze Schwindelattacke lässt ihn innehalten, er nimmt seine Turnschuhe und geht barfuß hinüber zum Parkplatz. Der spitze Kies piekst unter den Fußsohlen. Der Hund taucht wieder auf und weicht ihm nicht von der Seite.

Die Autoscheiben sind von innen beschlagen. Er kann nicht hineinspähen, zum Glück hat er die Schlüssel dabei. Der Wagen ist leer. Im schwachen Licht der Innenraumbeleuchtung sucht er nach einer Fluppe. Ein zerknülltes Päckchen *Roth-Händle* fällt ihm in die Finger, es sind noch zwei Zigaretten drin. Er setzt sich auf das Trittbrett und steckt eine an. Der Rauch beißt, er muss husten. Tabakkrümel bleiben an der Zunge kleben.

Der Hund legt sich zu seinen Füßen und lässt sich kraulen. Lucky brütet vor sich hin. Er sieht die Szenen in der verrauchten Kneipe kaleidoskopartig durcheinanderlaufen. Er sieht das spöttische, fast schon mitleidige Lächeln des Mädchens, sieht, wie sie von allen in der Kneipe umschwärmt wird.

Er sieht die Unbekümmertheit der jungen, stets gut gelaunten Holländer, er sieht die beiden flippigen, selbstbewussten jungen Frauen, die ihn einschüchtern und verlegen machen, und er sieht Carlo, der mit seinem schrägen Charme zu Hochform aufläuft, sich sogar mit diesen Typen anlegt. Lucky spürt brennende Eifersucht in sich aufsteigen.

Auf der Rückbank liegt die *Fiorucci*-Tasche. Er zerrt den Teddy hervor und versetzt ihm einen kräftigen Nasenstüber. Der Teddy lässt ein tiefes, unwirsches Brummen hören. „Tut mir leid, alter Junge, du kannst ja nichts dafür!" Er streicht über das räudige Fell und versenkt das abgeliebte Stofftier wieder in der Tasche. Dann stupst er den Troll an und lässt ihn am Rückspiegel schaukeln. „Auf dich ist auch kein Verlass!" Der Hund schaut ihm interessiert zu.

Irgendwann hält Lucky es nicht mehr aus. Er scheucht den Hund beiseite und geht quer über den Parkplatz zum Hotel. Im Halbdunkel tappt er an die Rezeption, greift sich den Schlüssel vom Brett und hangelt sich die Stufen hinauf in den ersten Stock. Voll banger Erwartung öffnet er die Tür und dreht am Lichtschalter. Die Deckenlampe flammt auf, er muss die Augen zukneifen. Das kleine, schäbige Zimmer, das sie sich zu dritt teilen, ist leer.

Er geht hinüber ins Bad, beugt sich übers Waschbecken und wirft sich einen Schwall kaltes Wasser ins Gesicht. Beim Blick in den Spiegel erschrickt er vor seinem eigenen trostlosen Gesichtsausdruck.

Zurück im Zimmer, knipst er das Licht aus, und wirft sich angezogen auf das quietschende Doppelbett. Das schreckliche Gefühl des Alleinseins überflutet ihn. Es ist still, nur das Bett knarrt beim Herumwälzen. Aus dem Bad hört er das monotone Tropfen des Wasserhahns.

Das Mädchen liegt in einem korallenroten Bikini an einem weißen Strand, das Meer ist blau, so unendlich blau. Sie liegt da, mit geschlossenen Augen, und summt leise die Melodie von - *Sympathy* - vor sich hin.

Er beugt sich über sie und fährt mit dem Zeigefinger sanft über ihren Bauch und ihre Schenkel. Er schaut dabei in ihr lächelndes Gesicht, ihre geschlossenen Lider zittern.

Als sie die Augen langsam öffnet, sieht er im Glanz ihrer Pupillen das weite Firmament. Sterne funkeln. Er fühlt sich eingesogen in einen unendlich tiefen Raum, der sich urplötzlich verfinstert.

Eine silbrig glänzende Kapsel taucht aus der Tiefe auf. Völlig schwerelos kreist sie auf ihrer Umlaufbahn im All. Er sieht, wie sich eine winzige Luke in der Kapsel öffnet, und er sieht sich selbst, wie er, in einen weißen Raumanzug gezwängt, aussteigt. Jetzt schwebt er durchs All und ist nur noch durch eine dünne Nabelschnur mit der Kapsel verbunden. Plötzlich gerät die Kapsel ins Trudeln. Die Nabelschnur reißt, er entschwebt, wird kleiner und kleiner. Torkelnd geht die silberne Kugel in einem riesigen Feuerball auf.

Lucky schreckt hoch, benommen taucht er auf. Die ersten Geräusche des neuen Tages dringen zu ihm durch. Ein Hahn kräht, ein Hund kläfft, ein Moped knattert durch den Ort. Der Motor hat etliche Zündaussetzer. Lucky richtet sich auf, er fröstelt. Neben ihm im Bett liegt das zerwühlte Laken. Es fühlt sich feucht an, er muss heftig geschwitzt haben. Seine Schläfen hämmern, der Mund ist trocken. Er fühlt sich wie durch die Mangel gedreht.

Nach und nach kommen die Ereignisse der letzten Nacht in ihm hoch. Er hat noch immer seine Jeans und das verdreckte T-Shirt an. Es riecht säuerlich nach alter Kotze. Hastig zieht er sich aus und wirft die gebrauchten Sachen neben das Bett.

Lucky knipst das Licht an und greift nach dem *rororo* Bändchen - *Katz und Maus* -. Er schlägt eine Seite auf und liest von dem halbversunkenen Minensuchboot, das den Schulkameraden und einem Mädchen namens Trulla als heimlicher Rückzugsort dient.

Der eigenbrötlerische Mahlke ist der Einzige, der sich traut, in das Innere des Wracks hinab zu tauchen.

Es fällt Lucky schwer, sich auf den Inhalt zu konzentrieren, er nimmt ihn wie durch Nebel wahr, die Zeilen verschwimmen vor seinen Augen. Immer wieder überfällt ihn ein diffuses Schwindelgefühl. Eine Fliege umkreist sein Gesicht mit ihrem monotonen Summen. Er schlägt nach ihr, erwischt sie aber nicht.

Plötzlich hört er vom Flur her Geräusche, leise Schritte nähern sich. Unterdrücktes Lachen. Lucky knipst das Licht aus, rutscht blitzschnell unter das zerknautschte Laken und stellt sich schlafend. Die Tür wird vorsichtig geöffnet, sie knarzt in den Angeln.

Das Mädchen flüstert „Sei doch leise, du weckst ihn ja auf!" Ein unterdrücktes Kichern ist zu hören. Die beiden entledigen sich geräuschvoll ihrer Klamotten. Ein Stuhl wird verrückt. Sie schlüpft zu ihm unter die Decke, drängt sich an seinen Rücken, und legt einen Arm um seine Schultern. Er spürt ihren warmen Bauch und ihre weichen Schenkel. Lucky versucht krampfhaft, sich nicht zu bewegen, dabei dämmert er wieder ein.

- In A Gadda Da Vida - tönt aus den riesigen Lautsprechern. Das Mädchen dreht sich selbstvergessen zu der psychedelischen Musik von Iron Butterfly. Im Licht des Stroboskops leuchtet ihr entrücktes Gesicht, ihre Haare sind verschwitzt. Der Jadeanhänger baumelt im Ausschnitt ihres Sommerkleides.

Er geht zu ihr hin. Ein spöttisches Lächeln huscht über ihr Gesicht. Er zieht sie an sich, sie wehrt ihn unwirsch ab. Carlo kommt, und drängt ihn mit einem Hüftschwung beiseite. Er rempelt zurück. Eine rosa Kaugummiblase steigt aus dem Mund des Mädchens auf, wird größer und größer. Schließlich platzt sie mit einem lauten Knall.

Lucky öffnet erschrocken die Augen, es ist bereits hell draußen. Er muss erneut eingeschlafen sein. Von der Werft her dringen Hammerschläge herauf. Jemand flucht lauthals. Im Nachbarzimmer quietscht das Bettgestell. Das Mädchen liegt eng an ihn geschmiegt. Ihre Arme halten ihn umklammert. Er spürt die Wärme ihres Körpers und ihren Atem in seinem Nacken. Er wagt nicht, sich zu bewegen.

Er löst sich vorsichtig von ihr, richtig sich auf, und fühlt das zarte Pulsieren in der Grube über ihrem Schlüsselbein. Mit einem leichten Seufzer dreht sie sich weg. In der Nacht ist er kurz aufgewacht, da hat sie geweint im Schlaf.

Behutsam, um keinen Lärm zu machen, steht er auf. Die *Minox* des Mädchens liegt auf dem Sessel bei ihren Sachen. Lucky geht auf Zehenspitzen durchs Zimmer, nimmt die Kamera, macht ein Foto von dem Mädchen, und verschwindet unter der Dusche.

Ein kalter Wasserstrahl trifft ihn mitten ins Gesicht. Er schaudert, wischt sich die Augen frei und dreht den Warmwasserhahn auf. Sein Körper beginnt sich zu entspannen. Er seift sich von Kopf bis Fuß ein. Das Wasser und der Schaum verschwinden gurgelnd im Abfluss. Aber nicht alles lässt sich so einfach mit Wasser abspülen oder mit einem Handtuch abrubbeln.

Beim Zähneputzen sieht er in seine rotgeränderten Augen, der Schaum der Zahnpasta quillt aus seinem Mund. Sein Kopf hämmert unverdrossen, er sucht in seinem Kulturbeutel nach einer *Alka Seltzer* und schaut zu, wie sie sich sprudelnd im Wasser auflöst. Als er es trinkt, muss er sich schütteln, das Zeug schmeckt abscheulich.

Vorsichtig öffnet Lucky die Badezimmertür und geht auf Zehenspitzen zurück ins Zimmer. Er zieht sich eine frische Unterhose und seine Jeans an und sucht in dem Campingbeutel nach einem sauberen T-Shirt.

Das Mädchen liegt mit angewinkelten Beinen auf der Seite, sie atmet durch den leicht geöffneten Mund.

Lucky streicht ihr eine Strähne aus dem Gesicht und deckt sie behutsam zu. Sie reagiert mit einem flüchtigen Lächeln. Carlo liegt von ihr abgewandt, er hat sich bloßgestrampelt und murmelt etwas Unverständliches. Lucky schießt schnell noch ein Foto von den beiden und zieht dann die Tür geräuschlos hinter sich ins Schloss.

8

Im Frühstücksraum herrscht reges Treiben. An den Tischen wird über das Spektakel der letzten Nacht gesprochen, der Name *Wernher von Braun* fällt. Ein Junge stülpt sich einen Plastikeimer über den Kopf und hüpft durch den Raum. „That's one small step for a man..." Seine Stimme klingt hohl. Lucky schaut ihm amüsiert zu. Er nimmt einen Kaffee, stapelt Rosinenbrot und Schinken auf seinen Teller und verzieht er sich in eine hintere Ecke. Der Kaffee schmeckt nach eingeschlafenen Füßen.

Am Nachbartisch geht es jetzt hoch her. Lucky stellt seine Lauscher auf. Von einer inszenierten Mondlandung ist die Rede. Man habe die Szenen in der Wüste von Nevada gedreht. Lucky hört Begriffe wie - *Cold War* - und - *the Russians* -. Die Amerikaner wollten im Wettrennen um das Weltall unbedingt die Nase vorn haben. - *After all those scandals...* - Der Name *Stanley Kubrick* fällt.

Lucky denkt an *2001 - Odyssee im Weltraum*. Er hat die Melodie von *Richard Strauß* aus - *Also sprach Zarathustra* - im Ohr. Er sieht *HAL*, den ersten Roboter mit künstlicher Intelligenz, der auf der langen Mission zum Jupiter ein unberechenbares Eigenleben entwickelt, und am Ende sogar Gefühle zeigt. - Ich habe Angst! - *HAL* singt ein Kinderlied - *Hänschen klein...* - Am Ende gelingt es ihn abzuschalten. Seine Funktionen verlöschen nach und nach.

Die Stimmung am Nebentisch wird hitziger. - *Unbelievable* - *Tricky Dick* - - *Nonsense* - Lucky kriegt nur einzelne Bruchstücke mit. Endlich taucht Carlo auf, mit zerzausten Haaren, und noch unausgeschlafener als sonst. Ein Auge ist geschwollen, er hat wohl doch einiges abbekommen, seine Augenlider sind gerötet, der Reißverschluss an seiner Hose ist nur halb geschlossen.

Mit einem dampfenden Kaffeebecher in der Hand lässt er sich wortlos Lucky gegenüber auf den Stuhl fallen.

Carlo nippt vorsichtig an seinem Kaffee und schaut den Freund mit um Entschuldigung bittender Miene an. „Na komm, alter Knabe, alles halb so wild, oder?!" Er reicht ihm die Hand. „Du musst es ja wissen!" Lucky blickt stur an ihm vorbei und zieht seine Hand unwirsch zurück. Carlo schüttelt verständnislos den Kopf und köpft ein Ei.

Ihr wippender, kurzer Rock lässt die beiden Jungen aufschauen. So ganz ungeschminkt wirkt auch das Mädchen reichlich mitgenommen. Mit einer verlegenen Geste fährt sie sich durchs Haar und lässt sich mit einem genuscheltem „Guten Morgen" neben Lucky nieder.

Carlo löffelt sein Ei, er schaut zu ihr auf, ein aufmunterndes Lächeln huscht über sein Gesicht. Er bietet ihr von seinem Kaffee an. „Nee danke!" Sie geht selbst ans Buffet, vergisst aber ausgerechnet den Kaffee. Carlo muss schmunzeln. „Grins' nicht so blöd!" Sie bedeckt ihr Butterbrot mit einer dicken Schicht *Hagelslag*. Dann pustet sie sich eine Strähne aus dem Gesicht und beißt lustlos in ihre Stulle.

Lucky steht schließlich auf, um für sich und dem Mädchen Kaffee zu holen. Aus dem Augenwinkel heraus beobachtet er, dass sich die beiden streiten.

Als er mit den dampfenden Kaffeebechern in der Hand an den Tisch zurückkommt, verstummen sie. „Ich kann ja gehen, wenn ich störe. Ihr habt euch sicherlich viel zu erzählen?!" Sein garstiger Unterton wird mit Schweigen quittiert. Das Mädchen kippt einen kräftigen Schuss Kondensmilch in ihren Kaffee. Carlo wischt ihr ein paar Schokoladenkrümel aus dem Mundwinkel.

Die weitere Konversation fällt spärlich aus, Lucky wirkt angefressen. Der Frühstücksraum leert sich, die meisten Gäste machen sich bereits auf den Weg zu ihren Booten.

„Das Wetter ist heute nicht so toll. „Ich habe keine Lust auf Segeln. Können wir nicht lieber nach Amsterdam fahren? Ist gar nicht weit, und da ist richtig was los!" Sie summt - *If you´re going to San Francisco* - .

Carlo zeigt sich von der Idee wenig begeistert. „Nicht heute. Ich bin total geschafft." Er tätschelt ihre Hand. „Auf dem Wasser bekommen wir wenigstens wieder einen klaren Kopf!" Er schaut sie aufmunternd an.

„Ich fahre jedenfalls nicht mit hinaus!" Das Mädchen scheint wild entschlossen. „Ich bleib im Hotel, und lese!" Lucky verzieht keine Miene, nachdenklich kaut er an seinem Brot und schweigt.

Es ist schon gegen Mittag, als Carlo das Mädchen schließlich doch noch überreden kann, mit aufs Boot zu gehen. Während Lucky die anderen ablenkt, deckt Carlo sich noch schnell mit etwas Proviant ein. Drei gekochte Eier, Brot und ein Stück *Gouda* müssen mit.

Das Mädchen fröstelt, sie geht mit Lucky an den Wagen, um sich einen Pullover zu holen. Lucky nimmt Carlos Windjacke und seinen schwarzen Anorak. Carlo setzt sich auf eine Treppenstufe, steckt sich eine Zigarette an und schaut den beiden nach. Das Mädchen redet auf Lucky ein, sie hält ihn für einen Moment am Ärmel fest. Er macht sich frei und scheucht zwei Möwen auf, die sich an den vollen Mülltonnen über herausquellenden Abfall hermachen. Der Deckel fällt scheppernd zu Boden. Lucky knallt ihn zurück auf die Tonne, die Möwen hüpfen widerwillig beiseite.

Das Mädchen lässt sich nicht abwimmeln. Sie gestikuliert, er erwidert etwas, sie legt ihm beide Hände auf die Schultern und drückt ihm einen flüchtigen Kuss auf den Mund. Als die beiden zurückkommen, hat sie sich bei ihm untergehakt. Lucky schaut immer noch so, als nehme er übel.

Der Mond ist längst untergegangen, er hat es sich nach dieser aufregenden Nacht auch verdient. Die fahle Sonne steht hoch oben am milchig blauen Himmel. Über dem Wasser liegt ein feiner Dunstschleier. Beständiger Wind weht in südöstlicher Richtung.

Die *Marlene* liegt verwaist am Anleger, sie schaukelt in einer leichten Brise, die Leinen scheuern an dem hölzernen Pfahl. Das Großsegel hängt schlaff vom Baum herab, ein Zipfel berührt das Wasser. Carlo und Lucky springen mit einem Satz an Bord.

Das Mädchen steigt unsicher auf den Bootsrand, ihre hohen Plateauschuhe wirken deplatziert. Lucky muss ihr die Hand reichen, das Boot kippelt und die Takelage schlägt gegen die Wanten.

Carlo müht sich, aus seiner Hose zu steigen, und gerät ins Schwanken. Er kaspert dabei so lange herum, bis das Mädchen laut auflacht. Alle sind froh über die kleine Einlage, befreit machen sie das Boot klar.

Als Erstes überprüfen die Jungen die Belegung der Taue, dann bereiten sie die Segel zum Aufziehen vor. Das Mädchen verstaut den ergatterten Proviant in den seitlichen Fächern und verzieht sich ans Heck. Ihr Gesicht versteckt sie hinter der dunklen Sonnenbrille.

Carlo löst die Leinen und stößt das Boot mit dem Paddel vom Anleger ab. Er zieht vorsichtshalber nur die Fock auf. Seine Handgriffe werden von spöttischen Kommentaren der Mannschaft von *Ottenhome* begleitet. Lucky sitzt mit verdrießlicher Miene an der Ruderpinne. Seine freie Hand trommelt auf die Bordwand. Mit einem verlegenen Grinsen legt Carlo die Leinen zusammen. „Mann, Kumpel, jetzt mach nicht so ein Gesicht, was ist schon passiert?!" Lucky schaut stur an ihm vorbei. Carlo zieht eine hilflose Grimasse und wirft das Paddel mit einem Schwung auf die Planken.

„Ihr habt mich schnöde im Stich gelassen!", nuschelt Lucky. „Und du, immer wenn es brenzlig wird, verpisst du dich?!" Carlo schaut ihn herausfordernd an. „Mir ging es dreckig, ich fühlte mich hundeelend!", versucht Lucky sich zu rechtfertigen. „Außerdem, was heißt hier immer?" „Du weißt schon, was ich meine!"

Das Mädchen streift ihr Kleid ab. Darunter kommt ein leuchtend blauer Badeanzug zum Vorschein. Carlo verkneift sich einen Kommentar. Sie setzt sich rittlings auf den Bootsrand, und lässt ein Bein im Wasser baumeln.

Sie hält ihren Blick von den beiden abgewandt. An ihrem Hals leuchtet ein bläulicher Fleck, den sie durch einen dünnen Schal zu verdecken sucht.

Lucky steuert das Boot aus der schmalen Hafeneinfahrt und summt leise vor sich hin. Als sie die Mole passieren und aufs offene Wasser hinaus steuern, zieht Carlo das Großsegel auf und belegt die Tauenden. Leise pfeifend hockt er sich neben das Mädchen auf den Bootsrand, belegt die Schot und greift nach einer Dose Bier. Mit einem Ruck reißt er den Verschluss auf, es zischt, Schaum quillt hervor. Er spuckt seinen Kaugummi ins Wasser, nimmt einen großen Schluck, und rülpst aus tiefster Seele. Lucky verzieht keine Miene, krampfhaft hält er die Ruderpinne.

Der Wind frischt auf, die Jungen ziehen sich ihre T-Shirts über. Die Segel straffen sich, die Wanten vibrieren. Das Boot nimmt rasch Fahrt auf, die Kränkung nimmt zu.

9

Der ablandige Wind wird nerviger, dreht ständig. Eine
Sturmböe fegt über das Wasser und raut die blaugrün
schimmernde Oberfläche auf. Die Freunde ziehen ihre Pullis
an. Das Mädchen hat sich ihr Kleid übergestreift und liegt
lang ausgestreckt auf der Luftmatratze, hier ist sie einigermaßen windgeschützt. An ihren Armen und Beinen bildet
sich eine Gänsehaut. Selbstvergessen streut sie sich aus
einer Tüte *Ahoi* Brause auf die Zunge, rosa Schaum quillt
zwischen ihren geschürzten Lippen hervor.
Lucky hat sie von der Ruderpinne aus gut im Blick. Er mag
das Aufsässige an ihr, aber jetzt fühlt er sich von ihr verraten. Das Mädchen spürt seinen vorwurfsvollen Blick. Sie
richtet sich auf, schiebt ihre Sonnenbrille ins Haar und
schaut ihn fragend an. Er schaut trotzig zurück. Sie versucht es mit einem entschuldigenden Lächeln, er stiert ostentativ in eine andere Richtung. Seufzend lässt sie sich
wieder auf die Planken sinken und greift nach ihrem Buch.
„*Franny* und ihr großer Bruder *Zooey*. Was gefällt dir daran?" „Frag mich, wenn ich fertig bin." Sie antwortet Carlo,
ohne dabei aufzublicken. Er erzählt von *John Steinbeck* und
Joseph Conrad. Das Mädchen kaut auf ihrer Oberlippe und
versucht, sich wieder aufs Lesen zu konzentrieren.
Carlo hangelt sich nach vorn und lehnt sich mit dem Rücken
gegen den Mast. Angestrengt schaut er zum Horizont, als
müsse er einem imaginären Kurs folgen. Da er sich unbeobachtet fühlt, versucht er, einen Pickel auszuquetschen.
„Igitt du Ferkel. Das ist eklig!" Carlo fühlt sich ertappt.
Jetzt lugt die Sonne hinter einer grauen Wolke hervor, der
Wind lässt etwas nach. Das Segeln wird entspannter, die
Jungen steuern eine gelbe Boje an. Das Mädchen atmet
erleichtert auf.

Sie begegnen der *Katja*, an Bord sind alle bereits wieder bester Laune. Haesje Claes winkt herüber. Sally ist ebenfalls mit von der Partie. Ihr Bikini sitzt knapp, das Oberteil kann nur mühsam den üppigen Busen bändigen. Auch der kleine Hund ist wieder dabei. Freudig bellend rennt er auf und ab, unterhält alle mit seinen kleinen Späßen und behindert die Crew beim Segeln.

„Hey ihr Moffen, wo habt ihr Twiggy gelassen?" Pim, das Großmaul, sitzt an der Ruderpinne, er kommt längsseits. „Ich dachte wir entern", kommentiert Carlo. Haesje Claes zwinkert Lucky vertraulich zu. „Hoe gaat het?" Ihre rauchige Stimme hat einen ironischen Unterton. „Oh, realy fine, thank you!" Lucky versucht ihren Blicken auszuweichen.

Das Mädchen liegt mit angezogenen Beinen auf ihrer Luftmatratze, sie raucht eine *Reyno*, und starrt hinauf in den Himmel. Das Buch liegt verkehrt herum auf ihrem Bauch. Lucky dreht ab.

Sally geht mit einem gekonnten Hechtsprung über Bord. Der kleine Hund will ihr folgen, Haesje Claes hält ihn zurück. Sally krault mit kräftigen Zügen herüber, ihre Crew feuert sie an. Carlo hilft ihr an Bord. Sie schüttelt sich, wringt ihr Haar aus und begrüßt die beiden Freunde mit einem Kuss. Mitleidig registriert sie Carlos geschwollenes Auge und die Kratzer. „It is nothing!", kommentiert er mit einem schiefen Grinsen.

Das Mädchen schmökert in ihrem Buch. „What's the matter guys, you look like it was raining cats and dogs!" Sally lacht schallend. „It is not what it looks like!", antwortet Lucky mit einem verlegenen Grinsen. „Ok?!" Sie nickt verständnisvoll. „May I have a cigarette?" Carlo bietet eine von seinen Selbstgedrehten an und gibt ihr Feuer. Lucky reicht ihr ein Bier. Er bewundert ihre lackierten Fingernägel. Sie zippt den Verschluss auf. „That's fine, thanks!"

„Where do you come from?", fragt Lucky aus purer Verlegenheit und weil ihm nichts besseres einfällt.

Zu seiner Verblüffung setzt Sally sich zu ihm auf den Bootsrand, und erzählt, dass sie Engländerin ist, aber den größten Teil des Jahres an der Costa Brava verbringt. Sie betreibt in Lloret de Mar zusammen mit einer Freundin eine kleine Kneipe - *Sally´s Bar* -. Sie nimmt einen kräftigen Schluck aus der Dose. „You should come and visit us!" „Oh, that would be nice!" Dann erwähnt sie so nebenbei, dass sie auch als Mannequin für Übergrößen arbeitet, und davon nicht schlecht lebt. Den Jungen bleibt der Mund offen, das Mädchen hört insgeheim hin.

Sally schaut auf das Mädchen herab, sie mustert den schlanken Mädchenkörper im tiefblauen Badeanzug, und zieht nachdenklich an ihrer Zigarette. „Two naughty boys and one tiny little girl?! Isn't that a problem?"

Das Mädchen legt einen Finger auf die Zeile, die sie gerade liest, ihr Blick wandert über Sallys lange gebräunte Beine hoch zu ihrem üppigen Busen. „Not at all!" Sie kaut auf ihrer Unterlippe. „Ok, ok honey!", schmunzelt Sally und hebt entschuldigend die Hände. „Take care of yourself babe!" Sie wirft die angerauchte Zigarette ins Wasser. „Sure, I will!" faucht das Mädchen, und dann leiser „Ich kann gut selber auf mich aufpassen!". Ihre Unterlippe bebt.

Sie greift nach ihrer *Minox*. Sally wittert einen Schnappschuss. Sie schüttelt ihre Löwenmähne, stellt sich lässig in Pose und nimmt Lucky und Carlo in die Arme. Die Jungen schauen verlegen in die Kamera. „Well, see you guys!" Sally springt über Bord. Carlo folgt ihr mit einem gekonnten Köpper. Unterwegs kabbeln sich die beiden, sie tauchen mehrmals untereinander weg.

Carlo hält sich am Bootsrand der *Katja* fest. Pim macht eine schräge Bemerkung über den - *scratch* - in seinem Gesicht, „You should kill that cat!" Der kleine Hund kläfft aufgeregt dazwischen. „Good idea. I'll do!"

Carlo grinst etwas verkniffen, er lässt sich wieder ins Wasser gleiten und stößt sich an der Bordwand ab.

„Beware of the weather!", einer der Jungen, Jan oder Hein, deutet mit einer vagen Handbewegung hinauf in den Himmel. Weiße Kumuluswolken sind aufgezogen und türmen sich dicht übereinander.

Mit besorgter Miene zieht er vorsorglich die Sturmfock auf. „And take care of that funny girl!" „OK, we'll do. Bye, bye!"

Carlo winkt und schwimmt zurück zum Boot. Lucky dreht mit schadenfrohem Grinsen ab. Es kommt zu einem kurzen Streit mit dem Mädchen, er tätschelt ihr besänftigend das Knie, und hält brav auf Carlo zu.

„Ein tolles Weib, diese Sally! Was für ein Zufall. Sie hat eine Bar in Lloret de Mar, und ihr habt eure Ferienwohnung in Fanals. Da müssen wir unbedingt zusammen hin!" Das Mädchen scheint wenig begeistert. „Sie gefällt dir wohl?" Sie blitzt Carlo an. „Warum auch nicht!". Lucky schaut ostentativ in eine andere Richtung.

„Komm, Stronzo! Wir sind auf dem Mond gelandet, die Welt ist dabei nicht untergegangen, der Himmel ist uns nicht auf den Kopf gefallen, also was ist los mit dir?" Carlo macht eine versöhnliche Geste „Ach ja, va fan culo! Was los ist, das fragst du noch?!"

Lucky nimmt Fahrt aus dem Boot, greift sich eine Bierdose, und klemmt die Ruderpinne mit der Kniekehle fest. „Du bist doch nicht etwa eifersüchtig? Hey, wir sind halbwegs erwachsene Menschen!" „Du bist so ein dämlicher Idiot!"

Lucky nimmt einen langen Schluck aus der Bierdose und ruckt unvermittelt an der Ruderpinne. Das Boot schlingert, Carlo muss sich festhalten, um nicht nach hinten überzukippen. Zum Spaß geht er auf Lucky los. „Ihr seid mir ja schöne Freunde!", mischt sich das Mädchen ein. Der Himmel reißt auf, die Sonne lugt hervor, sie muss blinzeln. „Du hast dich bereits einmal lächerlich gemacht!" Sie wendet sich an Carlo.

„Ich wollte dich nur vor diesem dämlichen Wichtigtuer be-
schützen!" „Ich habe dich nicht darum gebeten!"
Sie stupst ihn vor die Brust. „Ich brauche keine Aufpasser!"
Lucky fährt unwirsch dazwischen. „Du hältst dich da besser
raus, das ist eine Sache zwischen Carlo und mir!" „Ausgerechnet du sagst das? Du hast doch deinen angeblich besten Freund im Stich gelassen!"
Sie schaut Lucky herausfordernd an. „Und außerdem, merkt
euch das, wenn es um mich geht, möchte ich gefragt wer-
den!" „Ich habe gefragt!", gibt Lucky leise zurück. „Und ich
habe Nein gesagt!", erwidert sie kühl.
Sie vermeidet es, ihn anzuschauen. „Du bist ein komisches
Mädchen!" Ein flüchtiges Lächeln huscht über ihr Gesicht.
„Kann schon sein!"
„ -*You can't always get what you want….-*", summt Carlo,
er pellt die hart gekochten Eier und wirft die Schalen über
Bord. „Wir haben Salz vergessen!" Lucky zerschneidet den
Käse in kleine Würfel, gibt einen Klecks Löwensenf drauf
und reicht sie herum.
Er schaut hinauf in den sich verdüsternden Himmel. „Jetzt
ist die Landefähre bereits abgestoßen, und *Apollo 11* verlässt die Mondumlaufbahn, um auf die Erde zurückzukehren!" „Endlich ist der gute alte Mond seine ungebetenen
Gäste wieder los!" Carlo bemüht sich, die Stimmung aufzu-
heitern. „Bei denen da oben herrscht sicher nicht so eine
miese Stimmung wie hier unten bei uns!", gibt das Mädchen zu bedenken. Sie schaut Lucky mit einem auffordern-
den Lächeln an. Seine Miene bleibt verdrießlich.
Über ihren Köpfen donnert ein riesiges, vierstrahliges Dü-
senflugzeug, an seinem Leitwerk prangt das Logo der *KLM*.
Das Dröhnen der Turbinen erfüllt für einen Moment die Luft
über dem See.
„Wow, ist das nicht die nagelneue *747*, der Jumbojet von
Boeing?!"

„Dass das nicht die *Concorde* ist, sieht doch jeder!"
Lucky verdreht die Augen, er reagiert unwirsch. „Aber egal!
Übrigens, ihr beiden könnt allein nach Spanien fahren, ohne
mich!"
Er zerdrückt die leere Bierdose zwischen den Fingern, und
wirft sie in hohem Bogen hinaus aufs Wasser, wo sie
schnell achtern zurückbleibt.
„*Monsieur* schmollt?!" Das Mädchen beugt sich vor. „*Monsieur* nimmt mal wieder übel!", ätzt Carlo, aber gleich wird er
wieder versöhnlich. „Wir haben zu viel getrunken und waren bekifft. Jetzt gib nicht die beleidigte Leberwurst, sei
kein Spielverderber!" „Spielverderber?" Lucky greift wütend
nach einer Bierdose und wirft sie gegen den Freund, der
wehrt sie grinsend ab.
„Du verklemmter Spießer!" Es soll versöhnlich klingen, Carlo
kratzt sich verlegen im Schritt. Die Dose fällt polternd auf
die Planken und rollt dem Mädchen vor die Füße. „Ihr benehmt euch wie zwei Halbstarke!" Das Mädchen schüttelt
den Kopf. „Gemeinsam seid ihr unausstehlich!" Lucky
grinst. „Gemeinsam sind wir doch unwiderstehlich! Oder?"
Carlo macht ein Gesicht, als könne er kein Wässerchen trüben. Das Mädchen schüttelt nur den Kopf.
Auf der Suche nach Zigaretten kramt Carlo in seiner Sporttasche. Dabei stößt er auf die zwei giftgrünen Eierbecher
aus Gummi, die er heute Morgen beim Frühstück hat mitgehen lassen. Grinsend stülpt er sie um, sie sehen aus wie
Nippel. Er hält sie sich vor seine spärlich behaarte Brust.
Lucky reagiert prompt, er lässt das Ruder los, schnappt sich
die *Rollei*, und hält grimmig lächelnd drauf. Das Boot beginnt zu schlingern. „Ihr seid doch zwei Kindsköpfe!" Das
Mädchen greift erschrocken ins Ruder.
Der Wind frischt mächtig auf, das Boot schießt in starker
Schräglage dahin. Der Himmel zieht sich weiter zu, die
Sonne versteckt sich hinter dunklen Wolken.

Das Wasser verfärbt sich schmutziggrau. Das Boot taucht immer wieder tief in einzelne Wellen ein. Gischt spritzt auf und lässt feinste Tröpfchen auf die drei herabregnen. Das Mädchen friert, sie greift nach dem Parka, schlüpft hinein, und schlingt die Arme fest um sich.

Die Freunde sind froh, sich endlich wieder ganz aufs Segeln konzentrieren zu können. Etwas zu verkniffen fahren sie ihre Manöver, - mehr Backbord -, - fahr härter am Wind -, - gib doch der Fock mehr Spiel -.

10

Das Mädchen bemerkt als erste den sich schwefelgelb verfärbenden Himmel. Lucky folgt ihrem ängstlichen Blick. Er sieht die orangefarbenen Warnlichter am Ufer aufblitzen. Eine dunkle Gewitterfront zieht heran. Das Großsegel ist prall gespannt, der Verklicker tanzt unruhig hin und her. Ein Schwarm schrill kreischender Möwen zieht vor den sich bedrohlich auftürmenden Wolken nach Osten. Der Wind wird rauer, der Himmel verfärbt sich bleiern.

Hohe Wellen klatschen gegen den Rumpf, der Bug taucht immer wieder tief ins Wasser ein, Gischt spritzt auf. Das Wasser schwappt über den Bootsrand, auf den Planken bilden sich erste Pfützen.

Das Mädchen schaut ängstlich in das aufgewühlte blaugraue Wasser. „Sollen wir nicht besser einen der Häfen anlaufen?!" „Können vor Lachen!" knurrt Lucky verächtlich, sein Adamsapfel tanzt nervös auf und ab. Er wirkt überfordert, greift nach seinem Anorak, zieht ihn über und schließt den Reißverschluss bis zum Hals. „Blöd, dass wir keinen Außenbordmotor haben!"

Carlo schnippt seine erloschene Kippe ins Wasser. Auch er schnappt sich seine Regenjacke und zieht sie an, sie bläht sich sofort im Wind auf. Er hält die Schot fest umklammert, seine Fingerknöchel werden weiß. Der Wind fährt in seinen blonden Wuschelkopf. Wir müssen dringend das Großsegel bergen!" Die Aktion ist nicht so einfach und erfordert das ganze Geschick der Jungen, keuchend zurren sie das schwere Segel am Baum fest.

Das Mädchen verfängt sich mit einem Fuß in einer Schlinge der Großschot. Der Baum schlägt herum, die Schlinge zieht sich zu, das Mädchen stürzt und schlägt mit dem Kopf gegen den Bootsrand. Lucky sucht hektisch in seinen Taschen nach dem Messer und kappt das verheddert Seil.

Vorsichtig hilft er ihr auf die Beine. Verstört tastet sie nach der schmerzhaften Stelle an ihrer Schläfe. Sie sieht das Blut an ihren Fingern und erschrickt. „Lass mal sehen!" Lucky schaut sich besorgt die klaffende Wunde an. Das Mädchen wird leichenblass. „Puh, noch mal Schwein gehabt!", versucht er sie zu trösten, er drückt ein Handtuch gegen die blutende Wunde und tätschelt ihre Wange. Das Mädchen wirkt benommen.

Carlo versucht, das Boot halbwegs stabil zu halten. Auch die anderen Boote haben mächtig zu kämpfen. Die sich auftürmenden Wellenkämme verfärben sich schiefergrau mit schmutzig-weißen Schaumkronen. Schwallartig brechen sie über das Boot herein, die Klamotten werden pitschnass, die Plateausohlen des Mädchens saugen sich voll Wasser.

Sie schlingt den Parka eng um sich und hält sich mit der einen Hand krampfhaft am Mast fest, die andere drückt das blutdurchtränkte Handtuch gegen die Schläfe. „Wenn das mal gut geht?!" „Das wird schon!", Carlo redet besänftigend auf sie ein. Auch er ist nass bis auf die Knochen und zittert vor Aufregung und Kälte.

Die Gewitterfront nähert sich rasch, der Himmel verfinstert sich, es donnert bedrohlich. Grelle Blitze fahren zuckend herab, irgendwo weiter hinten, am dunklen Horizont, schlagen sie ein. Der Wind ergreift den Schal des Mädchens, und trägt ihn mit sich fort. Sie versucht noch vergeblich, danach zu greifen.

Erste schwere Tropfen fallen herab, gleichzeitig setzt sturzbachartig der Regen ein. Lucky muss die Brille absetzen und die Augen zukneifen, er wischt sich mit dem nassen Handtuch übers Gesicht. Seine triefenden Haare kleben, er zieht die Kapuze seines Anoraks über den Kopf. Sie wird ihm sofort wieder von einer Windböe heruntergerissen. Das Ufer ist weit entfernt und nur undeutlich auszumachen.

Die orangefarbenen Warnlichter blitzen in kürzerer Folge. Mit einem Mal ist weit und breit kein anderes Boot mehr auf dem Wasser zu sehen.

Das Mädchen steht aufgerichtet am Mast, sie krallt sich an den Wanten fest. Ihre furchtsam geweiteten Augen sind auf die bedrohlichen Wellenberge mit den überbrechenden grau-weißen Kämmen gerichtet. Der Wind peitscht ihr das nasse Haar ins Gesicht. Eiskalte Hagelkörner prasseln auf sie nieder.

Das launige Wetter hat sich in Sekundenschnelle zu einem ausgewachsenen Sturm gemausert. Am Horizont steigt eine rote Leuchtrakete auf und verlischt am Himmel. Das Boot gerät in eine gefährliche Schieflage. Die Fock reißt sich los und schlägt wie ein gereiztes Pferd um sich. Das lose Tau klatscht gegen den Körper des Mädchens, sie zittert. Sie ruft den Freunden etwas zu, es geht in dem ohrenbetäubenden Getöse unter. Sie versucht, zu den beiden nach achtern zu gelangen, und hangelt sich am Baum entlang. Der schlägt plötzlich herum und trifft das Mädchen am Rücken. Sie verliert den Halt, wird über Bord gefegt und versinkt sofort im Tosen des aufschäumenden Wassers.

Starr vor Schreck schauen ihr die Freunde hinterher. Als Carlo begreift, was passiert ist, versucht er, zitternd vor Aufregung, eine Wende zu fahren. Der starke Regen und die Gischt nehmen ihm die Sicht.

Die Jungen schauen entsetzt auf das schmutziggrau brodelnde Kielwasser, und glauben den dunklen Schopf des Mädchens weiter achtern auftauchen zu sehen. In seiner Not packt Lucky die Luftmatratze und wirft sie dem Mädchen hinterher. Die Luftmatratze überschlägt sich mehrfach, und wird sofort vom Wind davongetragen.

Verzweifelt setzt Carlo zu einer Halse an. Mit brennenden Augen hält er auf den Punkt zu, an dem er glaubt, den Schopf des Mädchens gesehen zu haben.

Seine Schläfenadern pochen. „Halte dich mehr steuerbord!", schreit ihm Lucky zu. Voller Panik versucht Carlo den Kurs zu ändern. Kalter Schweiß bricht ihm aus und läuft ihm eisig den Rücken herunter. Die heftigen Windböen werden immer tückischer.

Das Wasser brodelt und schäumt, Welle um Welle rollt wütend heran. Plötzlich spüren die Jungen einen dumpfen Schlag gegen die Bordwand. Es ist, als ob ihnen das Herz stillsteht. Wie gelähmt starren sie auf das aufgewühlte Wasser.

11

Das Wetter ist aufgeklart. Das Patrouillenboot der holländischen Wasserschutzpolizei kreuzt in langsamer Fahrt auf dem Wasser der *Loosdrechtse Plassen*. Der Dieselmotor tuckert stoisch vor sich hin. An Bord ist eine große Anspannung zu spüren, es fallen nur wenige Worte. Die geschulten Augen der Beamten suchen die dunkelgrün schimmernde, beinahe glatte Wasseroberfläche und die angrenzenden Ufersäume ab. Einer von ihnen benutzt ein Fernglas.

Die beiden deutschen Jungen weisen vage in die Richtung, wo das Mädchen über Bord gegangen sein muss. Wie zwei geprügelte Hunde, stehen sie mit gesenkten Köpfen und herabhängenden Schultern an der Reling. Die beiden wirken verloren, ihre Blicke wandern unstet hin und her.

Die Beamten beäugen sie mit unverhohlenem Argwohn. Die blutigen Striemen an den Armen und im Gesicht des einen Jungen leuchten. Die Verständigung erweist sich als schwierig. Einer der Polizisten nimmt seine Schirmmütze ab und wischt sich mit einem Taschentuch umständlich die Schweißperlen von der Stirn.

Das furchtbare Unwetter vom Nachmittag ist, so schnell es aufgekommen war, auch wieder abgezogen. Ein entferntes Wetterleuchten und die merkliche Abkühlung lassen es noch erahnen. Der Himmel ist wie sauber gefegt. Ein Schwarm Krähen zieht über ihre Köpfe hinweg. Ihre krächzenden Laute lassen die Luft vibrieren. Es riecht nach einer Mischung aus Seetang und Schiffsdiesel. Von Schiphol aus, beginnt ein vierstrahliger Düsenclipper seinen Steigflug nach Süden. Seine Positionslampen blinken, die Kondensstreifen verlieren sich langsam am blassblauen Himmel.

Einer der Polizisten scheint etwas entdeckt zu haben. Er schirmt seine Augen mit der Hand gegen die gelborange untergehende Sonne ab, und deutet mit der anderen hinaus auf das silbrig glitzernde Wasser.

Der Polizist mit dem Fernglas richtet sein Objektiv auf einen Punkt in der Nähe und stellt es scharf.

In leisem Ton unterhält er sich mit seinen Kollegen. Einer von ihnen benutzt das Sprechfunkgerät. Eine metallisch verzerrte Stimme antwortet ihm. Das Boot ändert seinen Kurs und nimmt Fahrt auf. In banger Erwartung stehen die Jungen beieinander, sie halten sich krampfhaft an der Reling fest. Der eine zieht hastig an seiner Zigarette.

Das Boot hält auf eine auf dem Wasser treibende Insel zu, die aus Schwemmholz, leeren Flaschen, buntem Plastikmüll und anderen nicht definierbaren Abfällen besteht. Mittendrin treibt ein lebloser Körper. Beim Näherkommen sieht man, dass es sich um ein junges Mädchen mit langen, kastanienbraunen Haaren handelt, die dort friedlich schaukelnd auf dem Wasser zu schweben scheint. Sie ist in einen olivgrünen Parka gehüllt.

Das Boot bewegt sich in langsamer Fahrt, bahnt sich einen Weg durch den ganzen Unrat. Die Maschine stoppt, das Boot gleitet noch ein ganzes Stück weiter. Die Schiffsschrauben laufen für einen Moment im Rückwärtsgang, sie lassen das Kielwasser schmutziggrau aufschäumen. Dunkler Dieselqualm steigt am Heck auf. Ein brackiger, fauliger Geruch hängt in der Luft. Dunkle Schwärme von Mücken kreisen über dem Treibgut. Der Schiffsmotor erstirbt. Es ist plötzlich totenstill.

Keine fünfzig Meter von ihnen entfernt zieht ein Segelboot lautlos seine Bahn. Ein sanfter Wind bläht das weiße Segel auf. Ein kleiner Hund steht schwanzwedelnd am Bug und schaut mit schief geneigtem Kopf neugierig zu ihnen herüber. Der Skipper hat ein wettergegerbtes Gesicht. Er blickt unverwandt vor sich hin, leise redet er auf seinen Hund ein. Ein Fisch springt aus dem Wasser, taucht mit einem Klatschen wieder ein, und hinterlässt sich konzentrisch ausbreitende Kreise.

Beklommen schauen die beiden Freunde in das blasse Oval des Gesichtes, aus dem alle Farbe gewichen ist. Die verwundert aufgerissenen, graugrünen Augen.

Das lange, kastanienbraune Haar wiegt sich wie eine Seeanemone mit den Wellen. Ein Ohrring leuchtet im Strahl der Abendsonne auf. Unter dem sich im Wasser aufbauschenden Parka erscheint ein tiefblauer Badeanzug. Ein Träger ist verrutscht und gibt den Blick auf ein entblößtes Stück weißer Brust frei.

Die Sonne geht blutrot hinter einer einzelnen, dunklen Wolke unter, als einer der Polizisten in einen Taucheranzug aus schwarzem Gummi schlüpft und sich langsam über die Bordwand ins Wasser gleiten lässt. Der Mann muss sich durch all das Schwemmgut und den Unrat hindurch kämpfen. Flüchtig inspiziert er den leblosen Körper, dann zieht er eine gummierte graue Plane unter ihm durch und fixiert ihn mit Tauen. Schließlich zieht er seine Fracht langsam hinter sich her. Leise Kommandos fallen.

Der tote Körper wird behutsam an Bord gehievt. Der Kopf des Mädchens wirkt bei der Bergung merkwürdig lose, wie bei einer Gliederpuppe, der Mann mit dem Taucheranzug muss ihn stützten. Die Handgriffe der Beamten sind beruhigend routiniert.

Zwei von ihnen wickeln den toten Körper aus der Plane und legen ihn behutsam auf einer Wolldecke ab, so, als müssten sie das Mädchen wärmen. Sofort bildet sich eine große Wasserlache, die sich fingerförmig auf den hölzernen Planken ausbreitet. Das Mädchen trägt Söckchen an den Füßen, aber keine Schuhe. „Is this the girl we are looking for?" Die Jungen nicken stumm.

Einer der Polizisten fasst sich schließlich ein Herz und fotografiert das tote Mädchen aus den unterschiedlichsten Positionen. Er bückt sich und fotografiert die schwarz verkrustete Wunde an der rechten Schläfe. Vorsichtig dreht er ihren Kopf. Die Kette mit dem Jadeanhänger verrutscht.

Die Männer unterhalten sich leise. Einer von ihnen zieht ein Päckchen Zigaretten aus seiner Uniform und bietet sie reihum an.

Schweigend rauchen die Beamten und schauen auf den toten Körper zu ihren Füssen. Schließlich geht der Steuermann in die Hocke, streicht eine Haarsträhne aus dem wächsern bleichen Gesicht, und drückt mit einer sanften Bewegung die Augen zu. Dann zieht er vorsichtig, als wolle er das Mädchen nicht stören, eine weitere Decke über den toten Körper.

Das große Boot schaukelt im Abendwind, das Wasser platscht sanft gegen die Bordwand. Aus dem Funkgerät im Ruderhaus kommen plärrende Laute, einer der Männer antwortet kurz angebunden.

Die beiden Freunde stehen stumm und bleich da, aus ihren Gesichtern ist die Farbe gewichen. Sie schlottern am ganzen Körper. Der eine scheint den Anblick des toten Mädchens nicht zu ertragen, er wendet sich ab. Ein Beben geht durch seinen schmächtigen Körper, mit Tränen in den Augen schaut er hinaus aufs Wasser.

Zwischen dem ganzen Unrat treibt eine verblichene rote Luftmatratze. Er bemerkt die Ratte mit ihrem hässlichen, nackten Schwanz, die sich aus dem Schwemmgut löst und langsam in Richtung Ufer schwimmt. Sein Magen krümmt sich zusammen, er muss würgen und übergibt sich in einem Schwall über die Reling.

Der andere Bursche zeigt ein verlegenes Grinsen. Er beugt sich über den Freund, reicht ihm ein Papiertaschentuch und tätschelt ihm begütigend die Schulter. Ein unterdrücktes, heiseres Schluchzen kommt aus seiner Kehle.

12

„Was habt ihr mit dem Mädchen gemacht?" Ohne aufzublicken blättert der Untersuchungsrichter in den Unterlagen, die vor ihm auf dem Tisch liegen. Von der Tabakspfeife im gläsernen Aschenbecher steigt kräuselnd Rauch auf und verliert sich an der dunkel getäfelten Decke. „Ihr habt sie über Bord geworfen!" „Nein!" Der Junge schüttelt energisch den Kopf. „Man hat euch gesehen. Das Mädchen schien Angst zu haben, sie hat sich gewehrt?!" Er nimmt einen nachdenklichen Zug aus der Pfeife. „Das war am Tag davor, dem Tag vor der Mondlandung, es herrschte gerade eine Flaute. Das Ganze war nur ein Spaß!" „Damit spasst man doch nicht!" Der Untersuchungsrichter schaut auf. „Wo kommen die her?" Er deutet auf die blutigen Striemen. Der mit dem blonden Wuschelkopf grinst verlegen. „Wir haben mit einer kleinen Wildkatze gespielt!" Der Untersuchungsrichter schaut ihn erstaunt an.

Man hat ihn, da er gut Deutsch spricht, aus seinem Kurzurlaub geholt. Der Tod eines sechzehnjährigen Mädchens ist aufzuklären. Die zwei Jungen, mit denen sie auf dem Wasser unterwegs war, sind unerfahrene Segler, und von dem Unwetter überrascht worden. Immer wieder passieren hier solche Unglücke. Eine Routinesache, wie ihm sein Chef versichert, er könne bestimmt bald wieder auf seine Jacht zurückkehren. Ihm wäre es nur recht, wenn er die Sache hier schnell beenden könnte.

„Wie ist es denn nun wirklich passiert?" Der Untersuchungsrichter lässt seinen Blick zwischen den beiden Jungen hin und her wandern. Die Freunde schauen sich verstohlen an. „Wir waren mit dem Boot draußen auf dem Wasser, als wir in dieses furchtbare Unwetter geraten sind. Sie ist von dem plötzlich herumschlagenden Mastbaum getroffen und über Bord gefegt worden!", kommt mit leiser Stimme.

Der Dunkelhaarige, ein schmächtiger Junge mit spärlichem Bartwuchs, räuspert sich. Der Untersuchungsrichter steckt seine Pfeife mit einem langen Streichholz an und lehnt sich zurück, würziger Tabakduft verbreitet sich im Raum. Nachdenklich kaut er am Mundstück.

„Ein alter Seemann hat das Unwetter vom Ufer aus mit dem Fernglas beobachtet. Er sah euch und eure hilflosen Aktionen, aber nicht das Mädchen." Er schaut die beiden herausfordernd an. „Sie lag am Boden auf ihrer Luftmatratze. Man konnte sie nicht sehen!", kommt beinahe trotzig. „Ein Sturm kommt auf, und das Mädchen liegt seelenruhig auf ihrer Luftmatratze?", stirnrunzelnd wendet sich der Untersuchungsrichter ab. Er öffnet das Fenster.

Sommerliche Geräusche dringen herein. In der Gracht unten tuckert ein Kahn. Er lässt seinen Blick über die Dächer der pittoresken Altstadt von Utrecht schweifen. Über allen ragt der *Domtoren* empor, der gotische Glockenturm, das Wahrzeichen der Stadt. Am gegenüberliegenden Fenster sieht er eine junge Frau telefonieren. Sie ist in einen Bademantel gehüllt, ein Handtuch ist turbanartig um ihren Kopf geschlungen. Die Frau hält den Hörer ans Ohr gepresst und lächelt, ihre Finger spielen mit der Telefonschnur. Ein Windzug bauscht einen weißen Vorhang auf.

Der Untersuchungsrichter denkt an das Unwetter, das aus heiterem Himmel über sie hereingebrochen war. Ein weiteres Boot war gekentert, die Besatzung konnte sich nur mit Mühe retten.

Ihn selbst hatte es auf seiner Jacht überrascht. Er ist ein erfahrener Segler und konnte rechtzeitig den schützenden Hafen anlaufen. Selbst Linda hatte ängstlich reagiert. Ein verstohlenes Lächeln huscht über sein Gesicht. Mit einem gewissen Stolz denkt er an seine kleine, heimliche Affäre.

Die beiden Jungen tuscheln hinter seinem Rücken. Er geht zurück an seinen Schreibtisch. Die Pfeife ist erloschen.

Sein Blick fällt auf das Foto des toten Mädchens, ein hübsches Ding. Das bleiche Gesicht, von einem dunklen Haarschopf eingerahmt, hat im Tod etwas Madonnenhaftes. Unter dem Parka lugt ein tiefblauer Badeanzug hervor. Ein Träger ist verrutscht und gibt ein Stück ihrer Brust preis. Durch die geschlossene Tür dringt das Klappern einer Schreibmaschine, unterbrochen von einigen kurzen Pausen. Ein Verdacht schießt in ihm auf, vielleicht war dieses junge deutsche Fräulein auch eines dieser kleinen Luder?! Sie hat den beiden Jungen den Kopf verdreht, und dann ist das Ganze aus dem Ruder gelaufen. Seufzend verwirft er diesen Gedanken beim Anblick dieses Jungmädchengesichts sofort wieder. Der Blonde fragt den *Mijnheer*, ob er rauchen dürfe. Der Untersuchungsrichter macht nur eine wegwerfende Handbewegung.

Er greift zum Telefonhörer, und lässt sich von seiner Sekretärin Kaffee bringen. Wohlwollend schaut er ihr beim Einschenken zu. Sein Blick bleibt dabei etwas zu lange am Dekolleté ihres Sommerkleides hängen. Er macht ein paar launige Bemerkungen. Die Sekretärin errötet und verlässt schnell den Raum.

Er folgt ihr, um kurz darauf schmunzelnd zurückzukehren. Die Jungen sind irritiert. Er bietet den beiden Kaffee an, sie bitten um ein Glas Wasser. Von draußen ist wieder das Tippen der Schreibmaschine zu hören, jetzt vielleicht etwas zögerlicher.

„Godverdomme, was habt ihr mit dem Mädchen gemacht?!", ungeduldig schlägt er mit der Hand auf den Tisch. „Die Crew von *Ottenhome* hält euch für unerfahrene Segler! Dass das Wetter sich hier schnell ändert, weiß jeder!" Er schüttelt den Kopf. „Wieso habt ihr die Polizei erst so spät gerufen?!" Er führt die Tasse zum Mund. „Ihr habt die Warnlichter am Ufer ignoriert, somit habt ihr unverantwortlich und fahrlässig gehandelt!"

Und, noch ehe die beiden etwas erwidern können, „Das Boot ist inzwischen aufgefunden worden. Es war voll Wasser gelaufen, der Kiel ist gebrochen!"

Er reinigt das Mundstück mit einem Pfeifenreiniger. „Kennt ihr euch mit Knoten aus?" Er sieht die Jungen durchdringend an. Der Dunkelhaarige muss schlucken. „Ja, ein wenig!", kommt etwas zögerlich.

Der Untersuchungsrichter erwähnt ganz nebenbei die Mondlandung. Er gibt sich jovial, fragt, ob die Jungen sie am Fernseher mitverfolgt haben. „Es soll im *Heineke* eine Prügelei gegeben haben?" Der Dunkelhaarige schildert den harmlosen Streit, der Blonde nickt.

Der Untersuchungsrichter spricht über die dunkle Seite des Mondes, - the dark side of the moon -. Er bricht mitten im Satz ab und fährt sich mit der Hand durch sein grau meliertes Haar. Die Freunde schauen ihn verständnislos an.

Der Untersuchungsrichter hatte es sich natürlich auch nicht nehmen lassen, die Mondlandung in einer Kneipe am Hafen zu verfolgen. Unbestritten eine tolle Leistung der Amerikaner. Sie haben diesen Erfolg aber auch dringend benötigt, denkt er, sie brauchen endlich etwas, auf dass sie wieder stolz sein können.

Das Massaker von *My Lai* kommt ihm in den Sinn. Fast ein Jahr lang war es der amerikanischen Öffentlichkeit gegenüber verheimlicht worden. Die ganze Welt reagierte geschockt. Oder, erst vor ein paar Tagen, der Unfall von *Ted Kennedy*. Schon aus beruflichem Interesse hat er die Berichterstattung in der Presse verfolgt. Er sieht die vielen Ungereimtheiten, die der Fall aufwirft. Warum konnte der deutlich ältere und beleibte Senator sich aus dem Wagen befreien und die junge sportliche Frau nicht. Warum hatte er den Unfall erst am nächsten Morgen gemeldet, sehr wahrscheinlich war er betrunken!

Kopfschüttelnd versucht er, sich nun wieder auf seinen Fall zu konzentrieren.

Er sieht etliche Parallelen. Auch bei diesem angeblichen Unfall hier gibt es eine Menge Ungereimtheiten.

Mit einem leisen Seufzer zieht er an seiner Pfeife. Außer einer Engländerin, die wohl die Letzte war, die das Mädchen lebend gesehen hat, gibt es keine weiteren Zeugen. Aber das war deutlich vor dem Ausbruch des Unwetters. Gedanken, Fakten und Vermutungen gehen bei ihm wirr durcheinander.

Heftiges Fahrradklingeln schreckt ihn auf und lässt ihn erneut ans geöffnete Fenster treten. Die Reflexe des gleißenden Sonnenlichts zwingen ihn, die Augen zuzukneifen. Unten auf dem Parkplatz steht sein *230 SL*, die *Pagode*, seine kleine Schwäche, die er sich dank der Großzügigkeit seines Schwiegervaters hat leisten können. Ja, schöne Autos können sie bauen, die Deutschen, sie sind in allem so perfekt. Ein Straßenköter pinkelt gegen ein Hinterrad, der Untersuchungsrichter lächelt nachsichtig.

„Why did she have to die? Warum musste sie sterben?" „Es war ein Unfall!", beteuert der Blonde. Der Untersuchungsrichter taxiert die beiden aus hellen, wachen Augen. Zeitweise wirken die beiden Rotzlöffel so brav und naiv, und dann wieder raffiniert und verschlagen; verschlagen, was für ein Wort, typisch deutsch. Er ertappt sich dabei, wie alte Gefühle in ihm aufsteigen.

Er war ein Kind von gerade mal sechs Jahren, als er die Willkür dieser uniformierten Herrenmenschen zu spüren bekam, die Angst und den Schrecken, den sie verbreiteten. Diese Barbaren hatten seinen Vater eines Nachts abgeholt, und dabei mit ihm noch ihre Späße getrieben. Er kann sie noch immer hören, die gebrüllten Befehle, den Klang der Trillerpfeifen, den Gleichschritt und das Klacken beschlagener Soldatenstiefel, das geschnarrte - Zack, Zack! - Sein Mund verzieht sich zu einem schmerzlichen Ausdruck. Schnell verscheucht er die bedrängenden Bilder.

„Wissen eure Eltern eigentlich Bescheid?" „Die sind im Urlaub." Er zieht die buschigen Augenbrauen hoch.

„Ich habe leider auch die Eltern des Mädchens noch nicht erreichen können?!" „Soweit wir wissen, sind die zurzeit in Hamburg." Der Blonde ist schnell mit der Antwort parat.

Es klopft, die Sekretärin kommt herein und reicht dem Untersuchungsrichter eine Aktenmappe. Er schraubt umständlich die Kappe von seinem *Mont Blanc* -Füller, setzt mit elegantem Schwung seine Unterschrift unter das Schriftstück und trocknet die frische Tinte mit einem Löschpapier ab. „*Dankjewel*, Linda!" Sie bläst sich eine blonde Strähne aus dem Gesicht. Er bedenkt sie mit einem komplizenhaften Lächeln.

Der Untersuchungsrichter greift zum Telefon und dreht mit dem stumpfen Ende des Bleistifts eine Nummer auf der Wählscheibe. In kollegialem Ton begrüßt er den Gerichtsmediziner am anderen Ende der Leitung. Während er den Ausführungen lauscht, spielt er mit dem Bleistift, er malt kleine Figürchen auf ein Blatt Papier.

Schließlich bedankt er sich, verabredet sich für den nächsten Tag zum Tennis und legt den Hörer auf. „Das Mädchen ist an den Folgen eines Schlages gegen den Kopf zu Tode gekommen!" Er spricht von Genickbruch.

Die Jungen zucken unmerklich zusammen. Der Untersuchungsrichter erwähnt, dass Spuren am Körper des Mädchens gefunden wurden, die auf einen Kampf oder Abwehr hindeuten. Sein Ton hat jetzt etwas Geschäftsmäßiges. Man habe Blutergüsse und Abschürfungen an den Armen, und Hautfetzen unter ihren Fingernägeln gefunden.

Dass das Mädchen, nach den Worten des Gerichtsmediziners, ihre Unschuld noch nicht verloren hat, erwähnt der Untersuchungsrichter nicht. Ihn wundert es, bei den lockeren Sitten heutzutage.

Er spielt mit der Tabakdose, *Navy Flake* von *Mac Baren*, die vor ihm auf dem Tisch liegt. Noch ganz in Gedanken, fragt er die beiden. „In welchem Verhältnis standet ihr zu dem Mädchen?" Die Jungen schauen ihn verblüfft an.

Als keine Antwort kommt, wird er deutlicher. „Wart ihr intim? Ich meine, hattet ihr Sex?!" Ein süffisanter Ausdruck huscht über sein Gesicht.

Es ist die Zeit der sexuellen Revolution, da scheint alles denkbar, und man hat ja schließlich die Pille! Die Freunde wirken beschämt, sie drucksen herum. Der Blonde räuspert sich verlegen.

Die Vorstellung, dass die beiden verstockten Halbwüchsigen, eigentlich noch Milchgesichter, etwas mit dem Tod des Mädchens zu tun haben könnten, macht den Untersuchungsrichter wütend. Am liebsten würde er die beiden ohrfeigen. Sein nachdenklicher Blick fällt auf das Porträtfoto von Königin Juliana an der gegenüberliegenden Wand. Ihr Gesichtsausdruck hat etwas begütigendes.

Schnell verrauscht seine Wut, die beiden können einem eher leidtun, er möchte nicht in ihrer Haut stecken. Gleichzeitig beschleicht ihn das ungute Gefühl, dass er den Fall nicht wirklich wird aufklären können.

Er muss an seine Tochter denken, die im selben Alter ist wie das tote Mädchen. Er betrachtet das Familienfoto, das vor ihm auf dem Schreibtisch steht. Er und seine Frau blicken ernst, fast ein wenig abweisend, in die Kamera. Nur seine Tochter schaut zuversichtlich drein, voller Übermut streckt sie dem Betrachter die Zunge raus.

Es rührt ihn und gleichzeitig macht er sich Sorgen um ihre Zukunft. Bei aller Liberalität, die zurzeit in den Niederlanden herrscht, überall sieht man diese verantwortungslosen Hippies, Provos und Gammler auf den Straßen und Plätzen herumlungern. Er hofft nur, dass seine Tochter nicht all zu früh anfängt mit Sex, Drogen und Rock`n Roll.

Der Untersuchungsrichter erhebt sich mit einer resignierenden Geste. „Machen wir an dieser Stelle erst einmal Schluss
für heute." „Dürfen wir nach Hause fahren?", fragt der
Blonde etwas unsicher. „Ihr bleibt bitte noch in Loosdrecht,
möglicherweise ergeben sich noch weitere Fragen!"
Einigermaßen erleichtert stehen die Freunde auf. Ohne die
beiden weiter zu beachten, legt er die erloschene Pfeife in
den Aschenbecher und geht noch einmal hinüber ans offene Fenster.
Er schaut hinab auf das schimmernde Wasser mit den hellen Sonnenreflexen. Im Fenster gegenüber liegt, wie hinge-
gossen, eine schwarze Katze.
Die junge Frau taucht aus dem Hintergrund des Zimmers
auf. Aus dem Handtuchturban lugt eine Strähne ihres röt-
lichblonden Haares. Ihre Hand fährt wie beiläufig über das
seidige Fell. Die Katze hebt unwillig den Kopf, faucht, und
schlägt mit der Tatze nach der streichelnden Hand. Die
Frau zieht sie erschrocken zurück und schaut auf die Kratzspuren. Der weiße Vorhang bauscht sich in einem Windhauch auf.
Der Untersuchungsrichter hört hinter sich ein verlegenes
Hüsteln. Er wendet sich um, und bemerkt die Freunde, die
immer noch unschlüssig vor dem Schreibtisch stehen. Mit
einem knappen Wink scheucht er sie hinaus. Die Tür wird
leise von außen geschlossen. Von Weitem sind die Geräusche einer Polizeisirene zu hören. Die Schreibmaschine im
Vorzimmer ist verstummt.

13

Der Nebel ist stellenweise so dicht, dass man kaum weiter als über den Bootsrand hinaussehen kann. Das Blinken der orangefarbenen Warnlichter ist wie durch Watte gedämpft. Ein heftiger Ruck und ein Splittern und Krachen gehen durch den Bootskörper. Das Mädchen kann sich gerade noch am Mast festhalten.

Lucky späht hinaus und findet sich von dichtem Schilf umgeben. Die Umrisse des nahen Ufers tauchen nur schemenhaft auf. Der Großbaum schlägt träge hin und her, das Segel hängt schlaff herunter. Das Wasser gluckst leise gegen die Bordwand. Er glaubt, ein Wiehern zu hören. Eine Windböe fährt in das Großsegel und vertreibt einzelne Nebelschwaden. Am Ufer galoppiert ein Pferd, Hufe schlagen, Sand spritzt auf. Das Boot ächzt, und neigt sich bedenklich zur Seite. Eine Ente fliegt schnatternd davon.

Das Mädchen wirkt verängstigt. Lucky geht erbost auf den Freund los, Carlo grinst nur hilflos und hebt abwehrend die Hände. Der erste Schlag geht ins Leere. Das Mädchen stellt sich ihm in den Weg, er schleudert sie weg, der Freund stößt sie zurück. Jetzt, beinahe belustigt, schubsen die Jungen sie ein paar Mal zwischen sich hin und her. Sie verliert die Balance und schlägt mit der Schläfe auf den Bootsrand. Ein dumpfes Krachen ist zu hören.

Erschrocken starren die Jungen auf das Mädchen zu ihren Füßen. Ihre Augenlider flackern. Benommen brabbelt sie etwas vor sich hin. Blut läuft ihr aus Mund und Nase. Aus der Ferne hört man dumpfes Gewittergrollen. Das Mädchen bewegt sich nicht mehr.

Lucky wacht schweißgebadet auf. Der Platz im Bett neben ihm ist leer, das Laken verschwitzt und zerknüllt. Er setzt sich auf und schaut sich beklommen um.

Die bedrängenden Bilder verblassen langsam, was bleibt, ist der flehentliche Ausdruck im Gesicht des Mädchens. Schlagartig überfällt ihn der entsetzliche Gedanke, dass das Mädchen ja bereits tot ist.

Der Mond wirft sein fahles Licht auf den alten Schinken an der Wand, der Dreimaster in stürmischer See. Die Tür zum Balkon steht auf, ein leichter Windhauch weht herein. Das Telefon klingelt, Lucky erstarrt. Nach nur dreimaligen Klingeln ist es wieder still.

Schwerfällig quält er sich aus dem Bett und fällt beinahe über eine Tasche. Er nimmt den Telefonhörer ab, aber da ist nur Rauschen. Er legt den Hörer zurück auf die Gabel und geht hinüber ins Bad.

Als das Licht grell aufflammt, sieht er im Spiegel ein zerknautschtes Gesicht mit rot unterlaufenen Augen. Er schneidet ein paar Faxen, streckt seinem Spiegelbild die Zunge raus und schaufelt sich mit den Händen kaltes Wasser ins Gesicht.

Auf dem kleinen Balkon sitzt Carlo zusammengekrümmt in einem der Korbsessel und raucht. Über dem Geländer hängt der rote Badeanzug des Mädchens. „Kannst du auch nicht schlafen?" „Immer, wenn ich die Augen schließe, verfolgen mich diese schrecklichen Bilder!" Lucky nimmt den Badeanzug und befühlt den dünnen, elastischen Stoff.

Der Himmel ist sternenklar, die Nachtluft mild. Unten am Anleger liegen die Boote eng an eng vertäut. Die Masten schaukeln schläfrig in einer sanften Brise. Auf der schwarzen Wasseroberfläche spiegeln sich einzelne Lichter.

Lucky lässt sich in den zweiten Sessel fallen. Carlo nimmt einen tiefen Zug, stößt den Rauch langsam durch Mund und Nase aus und reicht die Tüte an Lucky. „ Oh, nein danke." Er sucht in der Hosentasche nach seiner *Reval*. Er muss mit dem Streichholz mehrmals über die Zündfläche streichen, bis endlich eine Flamme aufschießt.

„Ich fühle mich so beschissen!" Lucky sieht Carlos gequälten Gesichtsausdruck und tätschelt ihm besänftigend das Knie. „Ihr Leben ist jetzt schon zu Ende, das kann es doch noch nicht gewesen sein."

„Mir kommt alles so völlig verquer vor, wie in den verschlungenen Welten des *M. C. Escher.*" „Bist du bedröhnt?" Lucky schüttelt verständnislos den Kopf.

Nach einer Weile schnippt Carlo den Rest seines Joints über das Geländer. „Komm, lass uns einen kleinen Gang machen!" Sie ziehen Pullover über, schlüpfen in ihre Turnschuhe und verlassen auf leisen Sohlen das Hotel. Das Geißblatt am Wegrand verströmt einen Duft, der die Nachtfalter anzieht.

Unten am Anleger wiegen sich die Boote auf dem schwarz schimmernden Wasser. Sie zerren an ihren Verankerungen. Die Masten knarren. Der Schrei eines Nachtvogels durchbricht die Stille, in der Ferne heult ein Motor auf, das Geräusch verliert sich rasch.

Die Freunde setzen sich auf den Steg, Lucky lässt seine nackten Füße im Wasser baumeln. Carlo streckt sich der Länge nach auf den Planken aus, seine Hände verschränkt er hinterm Kopf. Er starrt in den blauschwarzen Himmel und summt vor sich hin.

Lucky denkt an die drei Astronauten dort oben im All, sie haben die Mondumlaufbahn bereits wieder verlassen und sind auf dem Weg zurück zur Erde. Die Sterne am Firmament zeigen ein kaltes Funkeln. „Wenn man bedenkt, dass einige möglicherweise schon nicht mehr existieren, wir sie aber immer noch sehen können!" Carlo nickt. „Kein Wunder, sie sind ja auch Lichtjahre von uns entfernt!" „Siehst du dort den *Großen Bären?*" „Ja, Sportsfreund!" Carlo starrt fasziniert hinauf in den Nachthimmel. Schnell fallen ihm, übernächtigt wie er ist, die Augen zu.

Der Himmel hat sich bleiern verfärbt, Windböen fegen über das Wasser. Das Großsegel ist prall gespannt, der Verklicker tanzt unruhig hin und her. Die heran rauschenden Wellen sind schmutziggrau, mit einem weißen Rand aus Schaum. Heftiger Regen setzt ein, der Wind peitscht dem Mädchen das nasse Haar ins Gesicht. Sie schlingt den Parka eng um sich und krallt sich am Mast fest.

Ein Ruck geht durch das Boot, dann ein Krachen und Splittern. Das Boot krängt, richtet sich wieder auf, reagiert nicht mehr auf das Ruder. Sie treiben hilflos wie eine Nussschale auf dem Wasser. Die Fock reißt sich los und schlägt wild um sich, die losen Taue klatschen gegen den Körper des Mädchens.

Eine bedrohlich aufgetürmte Welle rauscht heran, schlägt über dem Boot zusammen und lässt es kentern. Das Mädchen stürzt, und schlägt mit dem Kopf gegen die Bordwand. Die drei werden herausgeschleudert und gehen im Getöse unter. Das Mädchen taucht unmittelbar neben Carlo wieder auf. Verzweifelt versucht sie, sich an ihn zu klammern. Er wehrt sie ab, schnappt nach Luft.

Als er endlich wieder durchatmen kann, versucht er, nach ihr zu greifen, bekommt sie aber nicht mehr zu fassen. Nur einmal noch sieht er ihren dunklen Schopf aus einer Welle auftauchen.

Mit einem erstickten Schrei fährt er hoch. „Was ist los?" Lucky schaut irritiert. „Ach nichts!" Carlo richtet sich auf, er ist noch ganz benommen. „Übertreib es mal nicht mit dem Kiffen!"

„Manchmal habe ich das unbestimmte Gefühl, sie könne hier jeden Moment wieder auftauchen. Sie würde uns auslachen, und alles wäre gut!" „Schön wär's!"

„Kennst du ihre Familie?" Carlo blickt den Freund fragend an. „Ich weiß nur, dass ihr Vater Diplomingenieur und ein hohes Tier bei der Gutehoffnungshütte ist.

Er hat uns mal mit seinem schicken, chromblitzenden *280'er Coupé* von einer Fete abgeholt und mich dann gnädigerweise am Bahnhof rausgelassen. Ich durfte es mir hinten im engen Fond des Wagens bequem machen. Die ganze Zeit über hat er sich mit seiner kleinen Prinzessin unterhalten, wen sie so getroffen und, vor allem, ob sie sich gut amüsiert hat.

Dabei hat er uns die ganze Zeit mit seiner *Havanna* vollgequalmt. Mich hat er schlichtweg ignoriert. Er mochte mich nicht leiden!"

Lucky klappt sein Schweizermesser auf und ritzt ihre Initialen und dazu - 21.7.1969 - in das Holz.

„Und ihre Mutter?" „Sie liebt es besonders, Cocktailpartys zu geben. Am Telefon war sie immer ausgesprochen ungnädig zu mir!" „Hatte sie nicht auch Geschwister?"

„Ich habe sie ein paar Mal zusammen mit ihrer älteren Schwester und dem kleinen Bruder im Freibad gesehen."

Carlo nimmt das Messer und schnitzt ein, von einem Pfeil durchbohrtes Herz in die Planken. Lucky schmunzelt.

„Sie hat mal erzählt, ihre große Schwester hätte nach einer Verlobung, die überraschend in die Brüche gegangen ist, kurzerhand den Verlobungsring runtergeschluckt. Da hat der arme Verlobte aber dumm geguckt!"

„Alle Achtung!" Carlo nickt anerkennend.

- *So legt euch denn, ihr Brüder, in Gottes Namen nieder...* - Lucky fällt die Strophe des Abendlieds wieder ein. - *Kalt ist der Abendhauch. Verschon uns, Gott mit Strafen, und lass uns ruhig schlafen!* - Carlo schaut Lucky mit großen Augen an und greift ihm fürsorglich an die Stirn. - *Und unsern kranken Nachbarn auch!* - Hast du etwa Fieber, mein armer kleiner Poet!".

Der Hund kommt und beschnüffelt die beiden. Carlo schlingt seinen Arm um das struppige Fell.

„Merde! So ein Mist!", flüstert er dem Hund ins Ohr.

„Ich wünschte, es wäre alles nur ein böser Traum!" Der Hund schleckt ihm dankbar die Hand.

„Sollen wir ein Boot nehmen und ein bisschen rausfahren?" Carlo zeigt ein verlegenes Grinsen. „Sonst geht's dir wohl gut? Du kiffst wirklich zu viel!" „Neidisch? Bloß weil du nichts verträgst!"

Im Osten, meint man, am Horizont einen roten Schimmer wahrzunehmen. Die ersten Geräusche des frühen Morgens stellen sich ein. Der Deckel einer Mülltonne fällt scheppernd zu Boden, eine Katze maunzt, der Hund spitzt die Ohren. Ein Lieferwagen fährt vor den Eingang des Hotels, die Bremsen quietschen, bei laufendem Motor wird eine Tür zugeschlagen. Der Hund lässt ein leises Knurren hören.

Eine leichte Brise kommt auf, wischt über das Wasser und fährt in die Boote, die zerren an den Tauen, die Takelage klickt gegen die Masten. Die Jungen frösteln. Allmählich beginnt es zu dämmern und Farbe kommt in die Welt.

Lucky putzt seine Brille mit dem Stoff seines T-Shirts. Dann legt er seinen Kopf auf die Knie. „Nach allem, was passiert ist, kann ich mir nicht mehr vorstellen auf Reisen zu gehen. Schon gar nicht an die Costa Brava!" „Das macht sie auch nicht wieder lebendig!" Lucky schüttelt den Kopf. „Du hast vielleicht Nerven!"

Die beiden sitzen eine Weile schweigend da. Der Hund stupst Carlo mit seiner feuchten Schnauze an.

„Und was war vorletzte Nacht?", platzt Lucky raus. Carlo krault den Hund am Kopf, der legt sich zu seinen Füßen. „Die Mondlandung. Weißt du doch!" „Ja, ja, aber das meine ich nicht!"

Nach einer Weile fragt er ganz beiläufig. „Ich wüsste doch zu gerne, was in dieser Nacht noch passiert ist!" Carlo versucht, den Hund dazu zu bewegen, Pfötchen zu geben. „Du hast eng umschlungen mit ihr getanzt!" Lucky verdreht die Augen.

„Quatsch! Ich meine danach, als ihr mich so schnöde habt sitzen lassen?" Carlo grinst genüsslich.

„Wir waren schwimmen!" Lucky schaut verdutzt. „Mitten in der Nacht?"

Carlo greift nach einem Stöckchen und hält es dem Hund vor die Nase. „Nach dem blöden Streit mit den dämlichen Pattjacken musste ich mich erst mal abreagieren!"

Der Hund verbeißt sich in das Stöckchen und will es nicht wieder hergeben. Lucky setzt sich auf. „Ich verstehe! Und sie musste dich trösten?!" „Du hast dich ja verpisst!"

Lucky schaut schuldbewusst. „Ja, ja, ist schon gut! Aber eure Klamotten waren trocken!" Carlo zerrt an dem Stöckchen, der Hund knurrt. „Nun mach schon, du blöde Töle!"

„Du siehst doch, der Hund will nicht!" „Das wäre doch gelacht!" Carlo wirft das Stöckchen. „Jetzt lass ihn doch!"

Lucky lässt nicht locker. „Ihr seid erst im Morgengrauen zurückgekommen." Carlo räuspert sich. „Soll das ein Verhör werden?" Er versucht, dem Freund die Wange zu tätscheln, Lucky wehrt ihn ab.

Carlo grinst und flüstert dem Hund ins Ohr. „Die beiden haben auf der Abifete rumgeknutscht, und mich besoffen auf den Straßenbahnschienen sitzen lassen!"

Der Hund neigt den Kopf. „Ha, Ha!" Lucky verzieht genervt das Gesicht. „Komm, jetzt gib es auch zu!" Carlo knufft den Freund, und als der nicht reagiert, wird sein Ton versöhnlicher. „Wenn du es genau wissen willst, wir haben nicht miteinander gepennt, mehr als Fummeln war nicht! Sie wollte nur reden."

Lucky lacht laut auf und wendet sich an den Hund. „Worüber wohl?" Der Hund schaut ihn verständnisvoll an. Carlo sucht nach seinen Zigaretten, die Packung ist leer.

Lucky überlässt ihm eine *Reval* und gibt ihm Feuer. „Sie wollte die Schule schmeißen und am Tegernsee auf eine Hotelfachschule gehen."

Lucky stutzt. „Mir hat sie erzählt, sie müsse von der Schule abgehen, ihre Eltern seien stinksauer. Im Herbst wolle sie als Au pair nach New York!"

Carlo wirft die angerauchte Zigarette ins Wasser. „Sie hat uns ganz schön an der Nase rumgeführt!" Er verzieht verächtlich den Mund.

„Red` nicht so einen Stuss!" „Du musst es ja wissen!" „Sie ist tot, vergiss das nicht!" „Ja, ja, schon gut." der Hund richtet sich auf und schüttelt sich ausgiebig. Ihm wird langweilig, er trollt sich. Carlo nimmt einen flachen Kieselstein und lässt ihn übers Wasser springen. „Mist!"

„Komm! Ich brauche dringend einen Kaffee!" Carlo gibt sich einen Ruck und zieht den Freund mit sich fort.

14

Der Frühstücksraum ist bereits eingedeckt, aber es gibt noch keinen frischen Kaffee. Die Jungen schleichen sich in die Küche, aber auch hier ist niemand. Im Kühlschrank steht frische Milch. Gierig trinken die beiden die Milch direkt aus der Flasche.

In der leeren Eingangshalle steht eine Tischtennisplatte. Sie angeln sich aus dem Regal Schläger und einen Ball. Eine Zeit lang geht es in Ping-Pong-Manier hin und her, Lucky zählt bis einundzwanzig, dann landet der Ball im Netz. Carlo hat Aufschlag. „En garde!" Er schneidet den Ball und drischt ihn voller Übermut, und ohne Rücksicht auf Verluste, über das Netz.

„Nimm das!", Lucky gelingt es, ihm zu parieren, sein Gesichtsausdruck ist verbissen. „Da bleibt kein Auge trocken!"

Carlo erwischt den Ball mit der Rückhand und schmettert ihn in die hinterste Ecke. Verärgert pfeffert Lucky den Schläger auf die Platte. Der Lärm schreckt einen Hotelangestellten auf. „Wat doe je daar? Allez, pass ob Jongs!"

Endlich gibt es Frühstück. Die beiden schlürfen lustlos ihren Kaffee, richtig Hunger haben sie keinen. Die Brotscheiben bleiben auf den Tellern liegen, noch nicht einmal die Eier rühren sie an. „Ich kann mich mit ihrem Tod nicht abfinden! Dieses erschreckend Endgültige. Danach kommt doch nichts mehr!"

Lucky schaut den Freund mit einem hilflosen Gesichtsausdruck an. „Das sagst gerade du? Du hast doch als altgedienter Chorknabe den besseren Draht nach oben? Für euch gibt es doch ein Leben nach dem Tod!" Lucky verdreht die Augen. „Du, als selbst ernannter Agnostiker, hast gut spotten!" Nachdenklich hält er die Tasse mit beiden Händen.

„Erinnerst du dich an - *Biografie, ein Spiel* - von *Max Frisch?* Wir mussten in der Unterprima ein Referat über das Stück schreiben." „Na klar! Wir haben uns heftig gezofft!" „Hätte man die Wahl, seine Handlungen und Entscheidungen zu revidieren, würde man dann alles oder wenigstens einiges anders machen? Was käme am Ende dabei heraus?" Carlo schaut zweifelnd drein. „Eine verquere Geschichte. Der Protagonist hat, soweit ich mich erinnere, eine Menge Mist gebaut, und er hat es auch bei der zweiten Chance nicht hingekriegt. Eine Ehe scheitert, eine Frau bringt sich um, eine andere verlässt ihn tief enttäuscht! Und was ist die Moral von der Geschichte?"

Lucky überlegt einen Moment „Wären wir bei dem schlechten Wetter, und verkatert wie wir waren, nicht aufs Wasser rausgefahren, sondern nach Amsterdam, wie sie es wollte, würde sie noch leben?!" Carlo räuspert sich und fährt sich mit der Hand durchs Haar. „Zufall oder Notwendigkeit? Es gibt doch ein Schicksal, eine Vorsehung, ein Karma, nenn es wie du willst, man kann ihm nicht entgehen!"

„Kannst du dich noch an unseren Mitschüler, Friedhelm oder so, erinnern? Er ist in der Quinta an einem Blinddarmdurchbruch gestorben. Wir standen an seinem Grab, ich konnte mit seinem frühen Tod nichts anfangen. Ein Gefühl des Verlustes hatte ich erstmals, als meine Großmutter gestorben ist."

„Wenn man bedenkt, wie viele Millionen Menschen im Zweiten Weltkrieg ihr Leben verloren haben. Ich weiß gar nicht, wie unsere Elterngeneration damit klarkommt?" Carlo bricht sich ein Stück vom Rosinenstuten ab, beschmiert es dick mit Butter und schiebt es sich in den Mund.

„Sie beschäftigen sich lieber emsig mit dem Wiederaufbau unserer schönen Republik und lenken sich mit dem Wirtschaftswunder ab." „Lieb Vaterland magst ruhig sein!" „Was hat dein Vater eigentlich im Krieg gemacht?"

Lucky nippt an seinem Kaffee. „Er war bei der Luftwaffe, zunächst als Pilot, und nach einer Bruchlandung, die er mit viel Massel überlebt hat, als Ausbilder und Fluglehrer. Er hat sowohl die *ME 109*, ein Jagdflugzeug, als auch die gute alte *Tante JU* geflogen." „Daher dein Faible fürs Fliegen."
„Er war meistens weit hinter den Truppen an der Front, konnte sich so weitgehend aus dem Gröbsten raushalten. Nach dem Zusammenbruch, wie er es nannte, wurde er ziemlich bald aus russischer Gefangenschaft entlassen. Eine junge jüdische Ärztin hat ihn als untauglich für die Lager in Sibirien durchgehen lassen." Er schweigt für einen Moment. „Hat ordentlich viel Schwein gehabt! Und deiner?"
Carlo überlegt kurz, er nimmt einen weiteren Bissen und reicht auch dem Freund ein Stück Rosinenbrot rüber.
„Der ist auch viel in der Welt rumgekommen. Er hat nach seinem Arbeitsdienst für die Organisation Todt an U-Boot Bunkern und dem Atlantikwall mitgebaut. -Leben wie Gott in Frankreich- Aus geplünderten französischen Verpflegungsdepots hat sich die deutsche Wehrmacht reichlich mit Foi gras, Cognac und Champagner eingedeckt, wie er schon mal gerne zum Besten gab. Er hat den Krieg unverletzt überlebt und ist dann, zu seinem Glück, am Schluss in amerikanische Kriegsgefangenschaft geraten!"
Lucky greift nach einer weiteren Scheibe Rosinenbrot. Carlo köpft jetzt doch ein Ei und langt nach dem Salz. Lucky macht eine vielsagende Geste. „Bestimmt kein Zufall, dass unser Geschichtsunterricht mit dem Beginn der Weimarer Republik endete. Die NS-Zeit fand einfach nicht statt."
Carlo löffelt sein Ei. „Dieser verlogene, scheißliberale Typ von einem Pauker, der für alle und alles Verständnis gezeigt hat, und uns, als es hart auf hart ging, beim Schülerstreik in den Rücken gefallen ist!" „Dazu noch ein echter Feierabendsozialist!" Lucky legt eine Scheibe Gouda auf sein Brot und schüttet Hagelslag drüber.

Die ersten Frühstücksgäste kommen. Sie beäugen die beiden Jungen mitleidig, es wird reichlich getuschelt.

„Apropos Mondlandung. Wenn das mal nicht eine geschickte Inszenierung der Amis war!"

„Bist du jetzt völlig plemplem?" Carlo schaut den Freund verdutzt an und macht sich über ein zweites Ei her.

„Ich habe vorgestern hier am Frühstückstisch eine Bemerkung mitgekriegt, *Stanley Kubrick* soll die Szenen im Auftrag von *Tricky Dick* in der Wüste von Nevada gedreht haben." „So ein Quatsch! Das glaub ich nie und nimmer! Alles Spekulationen!" Lucky wiegt den Kopf.

„Was mich stutzig macht, ein Engländer erwähnte, dass die Temperaturunterschiede auf dem Mond bis zu hundert Grad betragen können. Das würde ein Film aus Zelluloid gar nicht aushalten." Carlo macht ein ungläubiges Gesicht.

„Wer weiß, wie wir manipuliert werden?!"

Neue Gäste kommen herein. Auch sie tuscheln untereinander, als sie die beiden deutschen Jungen bemerken. Die Freunde fühlen sich zunehmend unwohl, sie trinken schnell ihren Kaffee aus und verdrücken sich nach oben auf ihr Zimmer.

„Igitt, du stinkst wie Iltis!" Lucky rümpft die Nase. „Und du hast Sportflecken in der Unterhose!" Carlo zeigt sein unverschämtes Grinsen. „Gehen wir erst mal unter die Dusche." Lucky rempelt ihn an. „Geh du zuerst!" Er fläzt sich noch mal auf das ungemachte Bett. Aus dem Bad ist das Rauschen des Wassers zu hören.

15

„I´m sorry guys, so sorry for what has happened!" Sally kommt in der Halle des Hotels auf sie zu. Sie schüttelt ihre Mähne. Ihre langen, gebräunten Beine stecken in Hotpants, im Ausschnitt ihrer Bluse baumelt eine bunte Kette. Ihr rot geschminkter Mund lächelt sie mitleidig an. Sie nimmt die Jungen in den Arm und drückt sie an ihren Busen. Diese Geste hat etwas Tröstliches. Die Jungen sind gerührt, versuchen aber, es sich nicht anmerken zu lassen.

„Hey!" Die anderen aus der Clique grüßen herüber, halten sich aber etwas abseits. Sie tragen ihre Ausrüstung unterm Arm und haben es anscheinend eilig, auf ihr Boot zu kommen. Sie stehen unschlüssig herum. „Sie wollen an einer Regatta teilnehmen. Das Wetter dafür ist ausgezeichnet!" Sally gibt ihnen einen Wink, schon vorzugehen.

„Good luck!" Carlo winkt ihnen zu und folgt ihnen mit einem sehnsuchtsvollen Blick.

Sally begleitet die beiden Freunde hinaus auf den Parkplatz. Pim kommt aus dem Hotel und geht schnurstracks auf sie zu, eine Kippe hängt lässig in seinem Mundwinkel. Er trägt wieder seine Schlaghosen und die geblümte Jacke. Er will wohl nicht mit hinaus aufs Wasser.

„What have you done with that lovely girl, you wicked boys?" Er kneift Carlo in die Wange, der ist zu verblüfft, um sich zu wehren.

Lucky geht dazwischen, Pim schiebt ihn verächtlich grinsend zu Seite und hebt mahnend den Finger. *„In case of fire you should always ask your mom!"*

Er schaut Lucky herausfordernd an. „Oh, come on Pim, piss off!" Sally wird energisch. „Ok, ok, Darling!" Pim hebt abwehrend die Hände und dreht sich höhnisch grinsend weg. Im Verschwinden wirft er seine Kippe achtlos fort und hebt den rechten Arm zum deutschen Gruß.

Sally schüttelt verständnislos den Kopf. Sie bittet die Jungen um eine Zigarette, Carlo gibt ihr Feuer.
„Tell me if I can do anything for you?" Sie schaut die Jungen fragend an, die drucksen herum. Lucky erzählt ihr vom Besuch beim Untersuchungsrichter, und, dass sie überraschend noch einmal zu einer Befragung nach Utrecht müssen. We do not know why?!" Carlo wirkt beunruhigt.
Sally reagiert einigermaßen bestürzt. „Shit!" Sie überlegt. „He did not realy believe your story?!"
Sie schaut für einen Moment, als habe auch sie Zweifel an der Schilderung der beiden, nachdenklich stößt sie den Rauch ihrer Zigarette zu Mund und Nase raus.
„Anyway, be careful what you tell the judge!", ermahnt sie die beiden. Sie verabschiedet sich, die Jungen werden noch einmal gedrückt und von der verrückten Haesje Claes gegrüßt. „She is back in Amsterdam. She has to join her dance company!"
Im Davongehen dreht Sally sich noch einmal um und bedenkt die Freunde mit einem aufmunternden Lächeln. „See you at Sally´s Bar!" Carlo antwortet mit einem gequälten Lächeln. „That would be fine!" Mit einem mulmigen Gefühl im Bauch gehen die beiden Freunde zu ihrem Wagen.
„Ich würde jetzt auch lieber raus aufs Wasser zum Regattasegeln!" Carlo legt dem Freund den Arm um die Schulter. „Nur Mut, das wird schon. Wir dürfen uns nur nicht kirre machen lassen!"
„Auf, auf, sprach der Fuchs zum Hasen, hörst du nicht die Jäger blasen!" Lucky muss lachen, er sucht in seiner Tasche nach dem Autoschlüssel. „Lass mich fahren!" „Von wegen! *Schnick, Schnack, Schnuck!*"

16

„Halt doch mal eben an." Carlo schaut sich suchend um. „Was willst du hier?" „Einkaufen!" Lucky blickt ihn fragend an. „Das ist doch eine Jazz-Kneipe?!" „Genau, wir brauchen doch was zum Mitbringen für die Kumpel daheim" Er überquert die stark befahrene Straße und verschwindet in dem Laden. Kurz darauf taucht er wieder auf und lässt sich mit einem zufriedenen Grinsen auf den Beifahrersitz fallen.
„Als wenn wir keine anderen Sorgen hätten!" Lucky schüttelt verständnislos den Kopf. Am Kanal geht eine Hubbrücke hoch, sie müssen anhalten. Ein voll beladener Frachtkahn tuckert langsam unter der Brücke her. Ein Mann sitzt an der Böschung und wirft seine Angel aus.
„Er hat uns nicht über den Weg getraut, und er hat auch keinen Hehl daraus gemacht." Luckys Miene wirkt besorgt.
„Die genauen Todesumstände sind weiterhin als nicht geklärt zu betrachten!", äfft Carlo mit sonorer Stimme den Untersuchungsrichter nach.
Lucky schaut in den Rückspiegel. Im Wagen direkt hinter ihm streitet sich ein Paar. Die Frau fuchtelt wild mit den Armen herum, der Mann hebt ein paar Mal in einer resignierenden, abwehrenden Geste die Hand vom Steuer.
„Er hat uns immerhin erlaubt, Holland zu verlassen?!" Carlo schaut fragend zu Lucky hinüber. „Hörst du mir eigentlich zu?" Lucky schreckt aus seinen Gedanken auf. „Ja, ja, ist ja schon gut."
Die Mienen der Jungen verraten Erleichterung und Anspannung zugleich. Sie sind diesmal getrennt befragt worden.
„Der alte Fuchs hat sich noch einmal alles ganz detailliert beschreiben lassen. Ich habe mich einfach naiv gestellt!".
„Das dürfte dir ja nicht schwerfallen!" Er erntet einen Knuff in die Seite. Carlo grient verschwörerisch.
„Der hat doch garantiert was mit seiner Sekretärin!" „Ganz bestimmt!"

Carlo dreht sich nach hinten und sucht in den Sachen, die man ihnen am Schluss ausgehändigt hat, nach Zigaretten. Sein Campingbeutel ist noch nass und das Päckchen mit dem Tabak durchfeuchtet.

Sein Parka fehlt. Er durchwühlt den *Fiorucci*-Beutel und befördert die *Pardon* und den Teddybären zutage. Dann findet er das Päckchen *Reyno*. Er steckt eine an und inhaliert den Rauch.

„Schrecklich, dieser Geschmack nach Menthol!" Er nimmt den Teddy in die Hand. „Hat auch schon ordentlich was mitgemacht, der arme Kerl, nur noch ein Auge und das abgewetzte Fell. Den muss sie sehr geliebt haben!" Er drückt ihm auf den Bauch. „Wie heißt du denn?"

Der Teddy lässt ein mürrisches Brummen hören.

Carlo steckt ihn zurück in den Beutel und blättert in der *Pardon*. „Da ist ein toller Cartoon über *Pillen Paul* drin!"

Lucky schaut schmunzelnd zu ihm rüber. „Hast du etwa heimlich ihre Sachen durchwühlt?!" Carlos ist erstaunt, sein Ton wird vorwurfsvoll.

„Ich habe nur nach Zigaretten gesucht!" Lucky fühlt sich ertappt. Er schaut auf den vorbeiziehenden Frachtkahn.

Die Brücke senkt sich langsam wieder, das Paar hinter ihnen streitet noch immer. Die nachmittägliche Sonne wirft lange Schatten. Es ist noch heiß draußen, Carlo hat das Schiebedach geöffnet und lehnt sich mit den Ellenbogen aus den Seitenfenstern. Eine Weile lang fahren die beiden schweigend die Pappelallee am Wasser entlang.

„Was geschieht wohl jetzt mit ihr?" „Was weiß ich, sie wird nach Hause überführt und bekommt eine große Beerdigung mit weißem Sarg und vielen Kränzen!" Carlo spielt mit dem Troll, der am Rückspiegel baumelt.

„Tu bloß nicht so abgebrüht!" „Bist du eher für eine Erd- oder eine Feuerbestattung?" „Du stellst Fragen!"

Lucky biegt auf den Parkplatz von *Ottenhome*. Die Freunde schauen sich kurz um, und als niemand in der Nähe ist, verschwinden sie schnell im Inneren des Hotels. Der Mann an der Rezeption löst sich von seiner Zeitung und gibt ihnen den Schlüssel.

Als sie die Tür zu ihrem Zimmer öffnen, zögern sie. Die Betten sind zerwühlt, ein zerknülltes Laken und ein Kopfkissen liegen auf dem Boden. Die warme Nachmittagssonne dringt zum Fenster herein. Ohne viele Worte packen die Jungen ihre Klamotten zusammen. Von den feuchten Badehosen, die achtlos auf dem Boden liegen, geht ein fischartiger Geruch aus. Carlo stopft sie mit spitzen Fingern in eine Plastiktüte. Lucky packt seinen Campingbeutel und legt das *rororo* Bändchen *Katz und Maus* obenauf.

Dann sind da noch die verstreut herumliegenden Sachen des Mädchens. Es wirkt so, als habe sie die eben erst abgestreift. Beklommen hebt er die Kleidungsstücke auf, der blaue Badeanzug ist nicht dabei.

Carlo setzt ihre Sonnenbrille auf, er nimmt das duftende Sommerkleid und schnuppert daran. Es fehlt ein Knopf, am Saum ist es eingerissen. Er stopft das Kleid kommentarlos in ihren bunten *Fiorucci*-Beutel, ganz weit nach unten, zu ihrer Unterwäsche und dem roten Badeanzug.

Lucky beobachtet es aus den Augenwinkeln. In einer Ecke steht der Henkelkorb mit der geleerten Schüssel, dem gebrauchten Besteck und den Servietten.

Bevor es losgeht, müssen beide schnell noch aufs Klo. „Ich sitze auf des Topfes Rand und rauche eine *Stuyvesant...*" Carlos Stimme dringt durch den schmalen Türspalt, er drückt die Wasserspülung. „Du und dein Galgenhumor!"

Carlo nimmt seine Zigaretten und geht raus auf den Balkon. Er lehnt sich über die Brüstung. Eine Frau hängt unten Wäsche auf, sie summt leise eine Melodie vor sich hin. Dann bückt sie sich an einem Gemüsebeet und zupft Unkraut.

Lucky packt die Zahnbürste des Mädchens in den Kultur-beutel, er stößt dabei auf ihren Lippenstift. Er dreht die fettglänzende Spitze heraus, ein blasses Korallenrot. Er malt sich die Lippen an und drückt sie, wie er es bei ihr gesehen hat, fest aufeinander. Er hinterlässt einen dicken roten Kussmund auf dem Spiegel.

„Was machst du denn so lange da drin?" „Bin gleich fertig!" Lucky versucht vergeblich, den Lippenstift mit den Fingern zu entfernen, verschmiert ihn dabei aber nur. Er feuchtet ein Handtuch an, wischt damit über seine Lippen und dann über den Spiegel.

Nachdem die beiden sich ein letztes Mal umgeschaut ha-ben, verlassen sie mit Sack und Pack das Zimmer. Carlo zahlt, Lucky geht schon mal mit einem Teil des Gepäcks zum Parkplatz. Einzelne eingetrocknete Pfützen am Weg erinnern noch an das Unwetter vor zwei Tagen.

Lucky wirft das Gepäck auf die Rückbank zu den anderen Sachen. Da er sich unbeobachtet fühlt, schaut er schnell noch mal in den Beutel des Mädchens. Der Teddy schaut ihn mit dem einen Glasauge verdrießlich an, Lucky erzählt ihm vom Tod des Mädchens und knufft ihn freundschaftlich. „Tut mir leid, alter Knabe!" Der Teddy brummt. Die *Minox* liegt unbeschadet zwischen den anderen Sachen, er nimmt sie an sich und steckt sie in die Innentasche seiner alten Fliegerjacke.

Carlo kommt, ohne große Worte zu verlieren, verstaut auch er seine Sachen auf der Rückbank. Er überlegt einen Mo-ment, dann nimmt er das zerrissene Kleid des Mädchens und wirft es in die Abfalltonne, zu Gemüseabfällen und ei-nem Strauß verwelkter Blumen. Schließlich knallt er den Deckel wieder obendrauf. Beim Zurückschieben des Vorder-sitzes findet er den verlorenen Ohrring. Er lässt ihn in sei-ner Hosentasche verschwinden.

Die Freunde umarmen sich mit einer verlegenen Geste und klopfen sich auf die Schultern.

„Nichts wie weg hier!" Carlo geht rüber zur Beifahrerseite. „Oh verdammt, wir haben einen Platten. Auch das noch!" Fluchend tritt er gegen das Hinterrad.

Sie müssen zuerst den Reservekanister, das Drei-Mann-Zelt und den Campingkocher mit den Konserven auspacken, um unter der Kofferraumhaube an das Ersatzrad und den Wagenheber zu gelangen. Lucky müht sich nach besten Kräften mit dem Kreuzschlüssel ab, sein Kopf läuft rot an, die Schrauben sitzen bombenfest.

Carlo versucht es, endlich geben die Schrauben mit einem unwilligen Knirschen nach. Im Reifen steckt ein Nagel. „Was für ein komischer Zufall?!" Carlo packt Wagenheber, Kreuzschlüssel und die übrigen Utensilien wieder ein und wirft mit Schwung den Kofferraumdeckel zu. „Schau mal, wie du wieder aussiehst! Wasch dich mal!"

„Auf den Schrecken brauch ich ertmal ein Bier!"

An der Werft wird gerade die *Marlene* von einem Kran geborgen, das Wasser tropft am Rumpf herab. Die Männer in den blauen Overalls machen bedenkliche Mienen. Mit etwas gemischten Gefühlen wenden die Freunde sich ab.

Am Anleger sind die meisten Boote bereits wieder eingelaufen, die Crews sind beim Abtakeln. Gutgelaunt reden sie über das mehr oder weniger erfolgreiche Abschneiden bei der Regatta. Andere lungern schon mit dem ersten Bier herum. Ihre Gesichter sind von der vielen Sonne und dem Wind erhitzt. Es riecht nach brackigem Wasser und frischem Frittenfett.

Die Freunde trinken ihr Bier im Stehen und teilen sich eine Tüte Pommes. Abwechselnd nehmen sie die einzelnen Pommes in die Finger und tauchen sie in die Mayo.

Die umgebenden Geräusche, das Kreischen der Möwen, das Knarzen der Boote und das metallene Klicken der Takelage erscheinen ihnen schon sehr vertraut. Carlo greift nach seiner *Rollei* und hält die friedliche Abendstimmung noch einmal fest.

Die Sonne geht gerade blutrot hinter einem Wald von Masten unter. Das Licht changiert von gelborange, jadegrün bis dunkelviolett, wie auf alten, kolorierten Postkarten.
Es ist noch derselbe Ort wie vor zwei Tagen und doch ist er jetzt ein anderer. Er hat über Naht all seine Leichtigkeit verloren.

17

Carlo setzt sich ans Steuer und steckt einen Kaugummi in den Mund, das Papier wirft er aus dem offenen Wagenfenster. Der Anlasser klickt drei Mal, bevor der Motor blubbernd anspringt. Carlo lässt die Kupplung kommen, der Wagen macht einen gewaltigen Satz nach vorn. Mit quietschenden Reifen biegt er auf die Dorfstraße und hinterlässt eine mächtige Staubwolke.

Mit hoher Geschwindigkeit nähert sich von links ein dunkelgrüner *Jaguar*. Der Fahrer muss voll in die Bremsen steigen, empört hupend, versucht er, dem *VW* auszuweichen. Carlo reißt erschrocken das Lenkrad rum, der Käfer hüpft über die Bordsteinkante und kommt vor der Scheibe eines Fischgeschäftes zum Stehen.

„Uff! Das war knapp!" Lucky starrt auf eine Kiste voller Heringe. Eine Makrele glotzt ihn aus glasigen Augen an, das Maul vor Erstaunen weit aufgerissen.

„Soll ich besser fahren?" „Ach quatsch!" Fluchend legt Carlo den Rückwärtsgang ein.

Es beginnt bereits zu dämmern. Das gleichmäßige Geräusch des Boxermotors hat etwas Vertrautes, die Jungen hängen ihren Gedanken nach. Lucky schaut auf die ersten Lichter im Ort. Die Luft über dem warmen Asphalt flimmert.

Sie haben die Seitenfenster heruntergekurbelt und inhalieren noch einmal die frische Seeluft. Ein Lastwagen, der einen Hänger rückwärts in eine Einfahrt rangiert, versperrt ihnen den Weg. Carlo haut genervt auf die Hupe, sie gibt ein heiseres Krächzen von sich. An der Fahrertür des Lasters rekelt sich ein Pin-up-Girl, ein Aufkleber von *Pirelli*.

Carlo überholt zwei Jungen auf ihren *Fietsen*, die in Schlangenlinien vor ihm herfahren. Ihre Schatten kreuzen sich mit dem der Bäume entlang der Allee. Zu beiden Seiten des Deiches schilfbewachsene Ufer und matt schimmerndes Wasser.

Alles wirkt so friedlich, kaum zu glauben, dass noch vor zwei Tagen ein so verheerendes Unwetter getobt hat. Carlo muss an einer Kreuzung abbremsen, er trommelt aufs Lenkrad. Lucky schaltet das Autoradio ein. -*Black is black* - Der Lautsprecher krächzt, sie lauschen der schwülstigen Stimme von *Los Bravos*:

Carlo setzt den Blinker und biegt kurz vor Breukelen auf die A 2 in Richtung Arnheim ein. Der Fahrtwind nimmt zu, die Geräusche werden lauter, er dreht seine Seitenscheibe hoch. Links und rechts der Autobahn tauchen kleine Ortschaften und vereinzelte Gehöfte auf. Auf den Wiesen zeichnen sich die dunklen Umrisse friedlich grasender Kühe ab. Eine hell erleuchtete Tankstelle wirkt wie eine entlegene Oase. Bei Wolfsheeze reicht die Landschaft aus Sanddünen, Heidekraut und dunklen Kiefernwäldern bis an den Fahrbahnrand heran.

„Diese Sally, ein tolles Weib! Arbeitet als Mannequin und hat eine Bar an der Costa Brava." Lucky nickt. „Vielleicht sollten wir auch einfach abhauen?!" Carlo schweigt.

Er sieht im Rückspiegel einen Wagen, der sich mit aufgeblendeten Scheinwerfern nähert. Eine Zeit lang bleibt der Wagen eng an ihnen dran. „Nun gib schon Gas, schlaf nicht ein!" „Wir haben keinen *Ferrari* unterm Hintern!"

Blaulicht flackert auf, es lässt die erschreckten Gesichter der Jungen fahl erscheinen. „Mist, die Bullen!" Die beiden zucken unwillkürlich zusammen. „Jetzt werd' bloß nicht fickerig!" Lucky tätschelt Carlo den Arm. Er sieht das angespannte Gesicht des Freundes in der trüben Beleuchtung des Armaturenbrettes.

Schließlich setzt der Wagen hinter ihnen zum Überholen an. Aus dem offenen *911'er* schauen zwei Polizisten ausdruckslos zu ihnen herüber. Der Wagen schert knapp vor ihnen ein und entfernt sich mit hoher Geschwindigkeit. Das flackernde Blau und das Rot der Rücklichter verschwimmen in der Dunkelheit.

„Irre, hier fährt sogar die Polizei *Porsche Targa!*" Lucky schaut dem Wagen begeistert hinterher.

Carlo schüttelt nur den Kopf. „Drehst du mir eine Fluppe?!" Lucky nimmt erleichtert den Beutel mit dem Löwenkopf aus dem Handschuhfach.

An der Zollübergangsstation Elten müssen sie das Tempo auf Schrittgeschwindigkeit verlangsamen. Im gleißenden Licht der Grenzstation stöckelt eine grell geschminkte Frau in einem zu engen Minirock auf und ab. Sie zieht an ihrer Zigarette und blickt kurz auf. Ihr Gesichtsausdruck verrät Verachtung, für was oder wen auch immer. Lucky nimmt den Fuß vom Gas.

Auf der deutschen Seite werden sie von zwei Zollbeamten rausgewunken und müssen ihre Personalausweise vorzeigen. Die Beamten suchen im Strahl ihrer Taschenlampen das Wageninnere ab. Die beiden Freunde werden aufgefordert, den Motor abzustellen und auszusteigen. Der eine Zöllner kramt in den Sachen, die auf der Rückbank verstreut herum liegen.

Er greift nach dem *Fiorucci*-Beutel des Mädchens, kramt darin herum, und holt den Teddy heraus. Schon will er ihn zurückstopfen, da besinnt er sich, und bricht dem Teddy mit den Daumennägeln die brüchig gewordene Naht am Rücken auf. Werg aus Rosshaar und Stroh quillt hervor, Sägespäne rieseln auf den Boden. Die Freunde schauen ihm ungläubig zu.

Der Zöllner stopft den Teddybär achtlos zurück in den Beutel, und durchsucht dann seelenruhig Carlos Tasche. Als er unter der Rückbank eine Cellophantüte mit weißlichem Inhalt entdeckt, stutzt er, sein Gesicht nimmt einen triumphierenden Ausdruck an. Er nimmt eine Prise zwischen die Finger und schnuppert daran.

„Das ist geriebener Parmesankäse!", reagiert Carlo mit einem unverschämten Grinsen.

Der Mann lässt das Pulver auf seiner Zunge zergehen. Sein Kollege wirft ihm einen vielsagenden Blick zu.
Schließlich fordert er die beiden schroff auf, einzupacken. Carlo startet den Motor und würgt ihn direkt ab.
„Das linke Bremslicht ist defekt!", ruft ihm der Zöllner hinterher. Carlo zuckt erschrocken zusammen.
Keine hundert Meter weiter, klopft ihm Lucky auf die Schulter. „Halt doch mal eben an, ich muss mal."
Die beiden stehen einträchtig nebeneinander und erleichtern sich im hohen Bogen in den Straßengraben.
„Unglaublich, oder? Jetzt hat dieser Typ vom Zoll auch noch ihren geliebten Teddy kaputtgemacht!"
Lucky setzt sich hinters Lenkrad. Er verschaltet sich. „Gruß vom Getriebe!" Sie fahren durch die eintönige Niederrheinlandschaft. Über den Wiesen zu beiden Seiten der Autobahn wabern dünne Nebelschwaden. Übermüdet wie er ist, nickt Carlo sofort ein.
Das monotone Tuckern des Boxermotors geht langsam in das Rattern einer Nähmaschine über. Carlos Füße treten das Pedal in einem gleichmäßigen Takt. Er sitzt über eine weiße Bluse gebeugt. Die Nadel saust emsig auf und ab, er führt den Faden am gesäumten Stoff entlang. Das Mädchen beugt sich über ihn. Ihr Haar streift seine Wange, er spürt ihren Duft. Der Faden reißt.
Eine Hupe lässt ihn aufschrecken. Lucky fährt einen Schlenker. „Mensch, pass doch auf! Schlaf nicht ein!", schnauzt Carlo ihn an. „Ist ja schon gut!" Lucky fühlt sich von den Scheinwerfern hinter ihm geblendet, er klappt den Abblendspiegel runter.
- *Sittin' on the dock of the bay* - tönt aus dem Radio. Die Stimme von *Otis Redding* - Carlo klopft den Rhythmus auf seinen Schenkeln.
„Hey, Fusselhirn, wie weit ist die Nacht?" Carlo schaut auf seine Armbanduhr.

Er murmelt etwas Unverständliches, dann verfällt er augenblicklich wieder in einen Dämmerzustand.

Die schlaflosen Nächte haben beide ganz schön geschlaucht. „Erde an Carlo! Wo steckst du?" „Was ist?" Carlo fährt erschrocken hoch. „Ach nichts!"

Lucky verpasst prompt die Autobahnausfahrt Hünxe und kann die A3 erst am Spaghetti-Knoten in Kaiserberg verlassen. Jetzt sind es nur noch gut zwanzig Kilometer bis nach Hause, den Freunden wird es zunehmend mulmig. Carlo spürt einen Kloß im Hals, sein Magen krampft sich zusammen. Schnell kurbelt er das Fenster runter.

„Jetzt reiß dich mal zusammen!", raunzt Lucky ihn an. Seine Stimme wirkt belegt und wenig überzeugend.

Sie fahren auf der Schnellstraße und überqueren gerade den weitverzweigten *Ruhrorter Hafen*. Zwischen Äckern und Wiesen sind die ersten Schlote zu erkennen. Aus den Lautsprechern kommt nur noch Kratzen und Rauschen. Carlo dreht am Sendersuchlauf. Auf *WDR* hören sie einen Beitrag über das Massaker von *My Lai*.

Ein Jahr lang war es von der US-Armee zunächst vertuscht worden. Erst durch Recherchen des Journalisten *Seymour Hersh* und die schockierenden Fotos des offiziellen Kriegsberichterstatters *Ron Haeberle*, wurden die Gräueltaten bekannt. Innerhalb von nur drei Stunden war das Leben von 504 Einwohnern dieses kleinen Ortes, alles Zivilisten, Frauen, Kinder und Greise, ausgelöscht worden.

Nur dem beherzten Eingreifen des Hubschrauberpiloten *Hugh Thompson* war es zu verdanken, dass elf der Einwohner verschont blieben. Ein Aufschrei der Empörung geht um die Welt. Diese Gräueltaten lassen endlich die Akzeptanz der Amerikaner gegenüber dem *Vietnamkrieg* bröckeln.

Die Freunde sind entsetzt. Diese Welt ist keineswegs besser geworden, keine der sogenannten Großmächte steht irgendwie sauber da.

Die beiden erinnern sich an den *Prager Frühling*, diese hoffnungsvolle Bewegung, die zu einem Sozialismus mit menschlichen Zügen führen sollte, und die vor gut einem Jahr von den Sowjets mit Panzern blutig niedergewalzt worden ist. Da hilft auch kein - *bed in* - für den Frieden von *John* und *Yoko* und auch kein - give peace a chance -.

Carlo dreht eine Zigarette, seine Finger zittern. Von draußen dringen die vertrauten Gerüche des Ruhrpotts, eine Mischung aus Kohlenstaub, Ruß und Kokereigas, zu ihnen herein. Die Augen brennen. Carlo stiert auf die Straße, und spielt fortwährend mit dem Feuerzeug. „Kannst du das mal lassen? Du machst mich noch ganz nerblo!"

Es hat zu regnen begonnen. Die Dunkelheit wird so noch dunkler. Das Licht der Scheinwerfer erfasst den feinen Nieselregen, der sich wie ein Schleier auf die Windschutzscheibe legt. Lucky schaltet die Scheibenwischer ein, sie kratzen quietschend über die Frontscheibe.

Auf der linken Seite, ein glutroter Schein am verhangenen Nachthimmel, die Hochöfen der *August-Thyssen-Hütte*. Dahinter an den Schloten wird das Kokereigas abgefackelt. Nach wenigen Kilometern sehen sie die schwarze Silhouette des Förderturms der *Walsumer Zeche*. Die Scheiben beginnen, von innen zu beschlagen, Lucky fährt mit dem Ärmel seiner Lederjacke drüber.

Schließlich taucht im Lichtkegel der Scheinwerfer am Straßenrand das Ortsschild auf. Lucky muss die Augen zukneifen, der nasse Asphalt glänzt. Weiter rechts taucht die Trabrennbahn im unwirklichen Schein des Flutlichts auf, eine Lichtoase im Dunkel der Nacht. Einige Gespanne drehen auf dem weiten Oval ruhig ihre Runden. Das Ganze hat etwas Außerirdisches.

Der Motor beginnt zu stottern. „Mist, kaum noch Sprit!" Lucky geht mit dem Fuß vom Gas und legt den Reservehebel um. Der Wagen ruckelt. Lucky kann ihn eben noch an den Randstreifen lenken, bevor der Motor abstirbt.

Es ist plötzlich ganz still. Nur das Knacken im Heck ist zu hören. Lucky betätigt mehrmals vergeblich den Anlasser. Das Scheinwerferlicht wird merklich schwächer. Endlich springt der Motor hustend wieder an, die Ventile rasseln.

Carlo ist zwischenzeitlich ausgestiegen. Lustlos tritt er gegen den Vorderreifen, als wolle er das Spiel der Achsschenkelbolzen prüfen. Ein Mann führt seinen Hund Gassi. Voller Skepsis beäugt er die beiden Freunde.

Lucky drängt. „Nun mach schon, steig ein, wir kommen eh´ nicht drum herum!" Carlo bedenkt ihn mit seinem schiefen Grinsen. An der ersten Telefonzelle, an der sie vorbeikommen, hält Lucky an. „Lass uns vorher kurz telefonieren. Vielleicht sind sie ja gar nicht zu Hause?!"

Im trüben Licht der Telefonzelle blättert er im Telefonbuch, dabei kennt er die Nummer auswendig. Er zögert, dann nimmt er den Hörer von der Gabel und dreht die Wählscheibe. Mit einem mulmigen Gefühl lauscht er auf das Freizeichen. Seine Finger spielen mit der Telefonschnur.

Nach nur achtmaligem Tuten drückt er die Gabel runter und hängt den Hörer wieder ein. Die zwei Groschen fallen klappernd aus dem Schlitz.

18

„Sollen wir wirklich da rein gehen, oder uns besser verdrücken?!" Lucky gähnt. „Ich bin todmüde!" „Komm, nur auf ein Bier!" Carlo klopft ihm aufmunternd auf die Schulter. Von drinnen hört man Gelächter und hitzige Stimmen. Die schwere Eichentür geht auf, Bierdunst und Zigarettenrauch wabern ihnen entgegen. „Oh, da kommt Rolle." „Mensch, Carlo, ihr seid schon zurück? Stell dir vor, wir haben gestern Rot-Weiß auch ohne dich geschlagen!" Rolle stößt ihn kameradschaftlich vor die Brust.

„Ganz toll Rolle, ich wusste, auf deine Pässe und deine Rückhand kann ich mich verlassen!" Rolle grinst zufrieden und setzt sich auf seine *Kreidler Florett*.

„Ich muss dann mal, morgen wird wieder ein langer Tag!" Carlo nickt verständnisvoll. „Wieder für *Hertie* ausliefern? Der alte *Hanomag*, pass bloß gut auf ihn auf!"

„Mach ich, Carlo. Die Schaltung hakelt immer noch, und das abrasierte Schild ist auch noch nicht ersetzt!" Carlo zeigt ein gequältes Grinsen und haut Rolle auf die Schulter.

„Ich geh schon mal vor!" Lucky verdrückt sich. Rolle tritt mehrmals vergebens den Kickstarter. „Die Mutter hat sich beim Personalchef über dich beschwert! Du hättest ja beinahe ihren Kinderwagen samt Baby gehimmelt!"

„Hab' ich aber nicht!" Endlich springt der Motor an, Rolle gibt Gas und fährt knatternd davon. „Rolle, Rolle, du und dein frisiertes Moped."

Zögernd betritt Lucky den *Jazzkeller*. Die Kaschemme, wie ihn die Eltern nennen, ist voll, Lucky schaut sich um. Die Schulfreunde stehen an einem der hinteren Tische und knobeln gerade die nächste Runde aus.

Lucky geht an die Theke. „Hallo Erich. Machst du mir ein Pils." Erich schaut bekümmert drein. Klaus, sein Lebensgefährte, spült gerade Gläser. Er hält inne und nimmt Lucky zur Seite.

„Ihre große Schwester war vor drei Tagen hier und hat nach ihr gefragt, sie war besorgt. Die Kleine ist wohl von zuhause abgehauen. Sie ist schließlich erst sechzehn, da habt ihr Euch was eingebrockt!" Er zwinkert Lucky komplizenhaft zu. „Und heute Abend tauchte sie schon wieder auf und fragte nach euch!" Lucky macht ein erschrockenes Gesicht. „Wo ist Carlo?" „Der kommt gleich." „Du siehst echt beschissen aus!" „Weiß ich, danke!"

„Meldet euch bei ihr." „Machen wir, Klaus, versprochen."

Lucky nimmt sein Pilsglas und gesellt sich zu den Kumpels, wo er mit Hallo und Schulterklopfen begrüßt wird. „Was habt ihr beiden bloß angestellt!" Lucky zuckt zusammen. „Sie ist durchgebrannt, wusstet ihr das nicht?"

„Nein! Sie hat nichts gesagt! Woher sollten wir es denn wissen?"

„Ihre Eltern waren erst mal nur besorgt, die Familie wollte doch gemeinsam in den Urlaub nach Spanien! Und jetzt das!" Lucky schaut betroffen drein, er wischt sich den Schaum von den Lippen.

„Wie ist es denn passiert?" Lucky weiß nicht so recht, wo er anfangen soll. Carlo gesellt sich zu ihnen. Joey geht ihn mit einem dreckigen Grinsen an: „Come along boy, hol dich `ne Backpfeif!" „Erzähl´ schon!"

Carlo rauft sich verlegen die Locken und lässt ein nervöses Hüsteln hören. „Erich, machst du mir auch ein Pils, oder besser gleich eine ganze Runde!"

Er beginnt, zögernd mit der Geschichte rauszurücken. Als er auf das Unwetter zu sprechen kommt, druckst er herum, Lucky kommt ihm zur Hilfe. „Wieso habt ihr sie nicht rausfischen können?", Freddy schaut ungläubig. „Denkst du, wir hätten nicht alles versucht?!" „Ich mein ja nur!" Carlo baut sich sichtlich genervt vor ihm auf. „Mensch Freddy, halt einfach nur die Klappe!"

Erich kommt mit der Runde und macht die Striche auf Carlos Deckel. „Denn man Prost!" Sie stoßen miteinander an. Carlo dreht sich eine Zigarette.

„Mein Gott, wie schrecklich, es hätte genauso gut auch euch erwischen können?!" Pit legt den beiden seine kräftigen Pranken besänftigend auf die Schultern. „Ihr seht wirklich geschafft aus!" Carlo wirkt erleichtert, er zündet sich eine Zigarette an. „Sind wir ehrlich gesagt auch, wir haben kaum geschlafen!"

Freddy lässt nicht locker. „Ihre Eltern haben mehrmals nach euch gefragt. Sie ist wohl ohne deren Wissen und Erlaubnis einfach von zu Hause abgehauen! Sie dachten, sie fahre zu ihrer Tante nach München. Sie sind außer sich. Jetzt sind sie gerade auf dem Weg nach Holland, um ihre tote Tochter heimzuholen."

Carlo verdreht die Augen und ballt die Faust in der Tasche. Zu allem Übel taucht jetzt auch noch Udo, das Frettchen, auf, und zeigt sein überhebliches Grinsen. „Ich habe gehört, sie wäre schwanger, und wollte nach Holland, um dort abtreiben zu lassen!" „Du riskierst mal wieder `ne dicke Lippe?!" Pit fährt Udo mit einem scharfen Seitenblick an. Einen Augenblick lang herrscht betretenes Schweigen.

„Mehr als fummeln war bei ihr nicht drin...", feixt Joey. „Sagt man!", ergänzt er vorsichtig.

„Joey, du alter Schluckspecht, du musst es ja wissen!" Pit nimmt ihn streng ins Visier, sie prosten sich zu. Aus den Lautsprechern hört man die *Hollies* mit - *Sorry Suzanne* –.

Joey lässt wieder die Würfel kreisen. „Kommt Jungs, um eine Runde Korn?!" Er hat seine Fluppe lässig im Mundwinkel hängen, der Qualm lässt ihn die Augen zukneifen.

Lucky schüttelt den Würfelbecher. „Was wollt ihr denn jetzt machen, immer noch auf große Fahrt gehen?"

„Weiß nicht so recht." Den Jungs wird es allmählich zu heikel, sie wechseln das Thema.

Fitschi erzählt, dass sie die Mondlandung in der Villa von Kalles Eltern, auf deren neuem Farbfernseher geschaut haben. Seine Alten waren zum Glück nicht zu Hause. „Diesmal hat sich alles relativ gesittet abgespielt. Es blieb bei einem Kasten Bier und einer Flasche *Steinhäger.*" Pit grinst wissend. „Zwischendrin sind wir mal eben in den Pool gesprungen!"

Siggi sitzt immer noch vor seinem ersten, schon schal gewordenen Bier. Er schwärmt von den Sterntagebüchern des *Stanislaw Lem*, einem *Science Fiction* Autor, der in einer wehmütigen Art und Weise über Utopien und virtuelle Welten schreibt. Lucky hört nur halbherzig hin.

„Unser kleiner Professor", frotzelt Pit. Siggi lässt sich nicht beirren, statt zu würfeln, erzählt er von künstlicher Intelligenz, neuronalen Netzen, Zeitschleifen und der Kommunikation mit außerirdischen Wesen. Erst jetzt nimmt er einen tiefen Schluck aus seinem Glas.

„Mensch Siggi, du nervst mal wieder!" Manni zählt die Augen auf den Würfeln.

„Habt ihr uns denn gar nichts mitgebracht? Ein bisschen Gras oder so?", fragt Manni „Du hast Nerven, wir haben ja auch sonst keine anderen Sorgen!" „Kameradenschweine!" Manni gibt sich tiefenttäuscht. Carlo holt mit einem breiten Grinsen eine Tüte mit Erdnüssen aus seiner Tasche.

Jetzt knabbern alle Erdnüsse und werfen die Schalen, wie Carlo es ihnen vormacht, auf den Boden. Erich ist ganz und gar nicht davon begeistert.

Die beiden Freunde wirken abwesend. Sie lassen ihre Blicke umherschweifen. „Wo sind denn die Mädels?" „Itty, Rosel, Rita und Winzi sitzen da hinten, der Rest ist schon gegangen. Einige sind auch schon unterwegs in die Ferien."

„*Hegel* sagt, die Wahrheit ist immer konkret!" Der dickliche Philosoph legt Lucky seine weiche Hand bedeutungsschwer auf die Schulter. Lucky zuckt innerlich zusammen.

Die schleppende Bluesstimme von *Ten Years After* kommt aus den Lautsprechern. - *Good morning little schoolgirl...*- Carlo geht beim Gang aufs Klo an den Mädels vorbei. Er beugt sich über Winzi und flüstert ihr etwas ins Ohr. Er versprüht wieder mal seinen schrägen Charme. „Das könnte dir so passen!" Winzi schüttelt lachend den Kopf. Zum Glück muss er die ganze unselige Geschichte nicht noch einmal erzählen. Aber man spürt, dass er nicht bei der Sache ist. Ob die Mädels eigentlich wissen was passiert ist? Verunsichert will Carlo sich schon abwenden, als Itty, die Blonde mit dem leichten Silberblick, ihm mit einem vielsagenden Lächeln ein kleines Briefchen für Lucky übergibt. Ihr Silberblick hat etwas Rührendes. „Willst du es ihm nicht selber geben?" „Nee, besser nicht. Gib es ihm einfach später." Carlo steckt das Briefchen mit ratloser Miene ein und geht zurück zu den Kumpels.

19

Der *Jazzkeller* ist für alle hier so etwas wie ein zweites Zuhause. Hier trifft man sich schon mittags nach der Schule, aber vor allem abends, bevor man etwas unternimmt, auf eine Fete geht, ins Kino oder in die Disco. Im *Jazzkeller* trifft man sich zum Knobeln und um Mädels zu treffen. Und natürlich, weil Uschi oft zu später Stunde noch auf dem Tisch tanzt und dabei aufreizend mit den Hüften wackelt.

Hierher kommt man aber auch, um die älteren Semester zu sehen, die zum großen Teil schon studieren, in Köln, Münster oder an der neu errichteten Ruhruniversität Bochum.

Die Künstler gehen auf die Kunstakademie in Düsseldorf, sie tragen Vollbärte und Anglerwesten, und sie rauchen Pfeife. Alle geben sich sehr wichtig. Sie reden über *Fluxus* und die *Zero* Bewegung. Aber auch über *Performances*, wo sich nackte Menschen am Boden in Farbe wälzen, und *Happenings*, bei denen schon mal ein Flügel zerlegt wird. Hier hören die Freunde das erste Mal etwas über *Pop Art, Andy Warhol* und *Roy Lichtenstein*. Hier bekommen sie Bilder von *Francis Bacon, Sigmar Polke* und *David Hockney* zu sehen. Ihr Kunstunterricht hat bei *Picasso, Miró, Wols* und *Josef Albers* aufgehört.

Hier reden sie über die neuesten Filme von *Jean-Luc Godard, Orson Welles, Woody Allen, Roman Polanski, Luchino Visconti* und *Federico Fellini*. Aber auch von deutschen Filmemachern, wie *Volker Schlöndorff, Rainer Werner Fassbinder* und *Alexander Kluge* ist die Rede.

Es fallen Namen von Schauspielerinnen wie *Jeanne Moreau, Jane Fonda, Catherine Deneuve, Sharon Tate, Anita Ekberg, Mia Farrow, Hanna Schygulla* und *Ingrid Caven,* von denen sie nie zuvor etwas gehört, geschweige denn gesehen hatten.

Sie kannten bisher nur *Romy Schneider* aus *Sissy*, *Uschi Glas* aus *Zur Sache Schätzchen*, *Karin Dor* und *Marie Versini* aus den *Karl May* Filmen, oder eben *Ursula Andress* aus *James Bonds- Dr. No.*

An den Wänden der verrauchten, dunklen Gewölbe des *Jazzkellers* hängen Plakate, wie das von *Klaus Staeck*, mit der Aufschrift *-Deutsche Arbeiter, die SPD will euch eure Villen im Tessin wegnehmen!-* oder eins vom SDS mit der von der *Bundesbahn* geklauten Parole – *Alle reden vom Wetter. Wir nicht.-* Dazwischen die Konterfeis von Marx, Engels und Lenin.

Im *Jazzkeller* wird ständig diskutiert und gefachsimpelt. Die Soziologie- und Politikstudenten reden über *Martin Heidegger, Friedrich Nietzsche, Ludwig Wittgenstein, Theodor W. Adorno*, die *Marcuse-Seminare*, das *Kommunistische Manifest*, und gelangen dabei oft schnell in Rage. Einige zitieren ganze Absätze aus dem *Kapital*. Keiner verschont keinen.

Es gibt den *Stamokap*, die *sozialistischen Hochschulgruppen* und die *Spartakisten*, die *KPD-ML* und viele andere Splittergruppen. Auch eine gehörige Menge an außerparlamentarischer Opposition findet hier statt.

-Friede den Hütten, Krieg den Palästen!-, *-Alle Räder stehen still, wenn dein starker Arm es will!-* oder *-Anarchie ist machbar, Frau Nachbar.-*

Die Freunde hören andächtig all die wichtigen Botschaften aus den Hörsälen, Seminaren und Arbeitskreisen, verstehen zum Teil aber nur Bahnhof. Für sie ist es eine andere, fremde Welt, zu der sie noch keinen rechten Zugang haben.

20

Betty taucht mit ihrer Freundin Uschi auf. Der ungebändigte *Afrolook* ist ihr Markenzeichen, sie ist ein mehr oder weniger gelungener *Angela Davis* Verschnitt, und hier die ungekrönte Königin. Sie trägt einen kurzen Minirock aus rotem Wildleder, ihre Beine enden in hochhackigen weißen Lackstiefeln. An ihren Ohren baumeln riesige Kreolen. Sie hat die beiden Freunde sonst nie beachtet, jetzt bedenkt sie die beiden im Vorübergehen mit einem vielsagenden Lächeln. Die Freunde erröten.

Eines der bärtigen, Pfeife rauchenden Künstlergenies mit Baskenmütze schlingt seine Arme besitzergreifend um Betty. „Lass deine unegalen Finger von ihr!", raunzt ihn einer der anderen Künstler an, ein Typ mit langer, strähniger Matte. Er verpasst ihm scherzhaft einen Schlag, die Baskenmütze fliegt vom Kopf.

Betty nimmt hoheitsvoll einen Schluck aus einem der Biergläser, und drückt den beiden einen feuchten Kuss auf die Wangen. Das Ganze endet in einem schallenden Gelächter. Erich steht am Zapfhahn und macht wie immer ein mürrisches Gesicht.

Die alten Klassenkameraden reden über ihre Zukunft. Pit muss schon in wenigen Tagen zum Bund einrücken. Er weiß nicht recht, was ihn da erwartet. „Männerkameradschaft!", meint Blecky augenzwinkernd. Pit hätte sich lieber direkt an der PH eingeschrieben. Fidschi will, beziehungsweise soll, nach dem Willen seiner Eltern, BWL studieren, um später das elterliche Unternehmen zu führen. Die Verlobung mit Gilla steht auch schon an.

„Solange ich noch zwei gesunde Hände habe, kommt mir keine Frau ins Haus!", unkt Freddy. Blecky lässt mal wieder einen von seinen Klöpsen los. „Du Spinner. Watt sacht der Arzt, kommste duurch?" Manni schüttelt den Kopf.

Blecky kann sich noch nicht entscheiden, wie es bei ihm weitergeht. Joey muss noch in die Nachprüfung. Er scheint es leicht zu nehmen. „Los." Er kippt seinen Korn in einem Zug runter und greift nach dem Würfelbecher. Beim Zählen fragt er die beiden Freunde so ganz beiläufig: „Wie geht es denn jetzt weiter?" „Keine Ahnung!" Udo, das Frettchen, mischt sich auch wieder ein. „Was sagen denn eure Eltern dazu?" Die Freunde ignorieren seine Frage.

Carlo macht mit seinem leeren Glas ein Zeichen in Richtung Theke. „Wo sollen wir heute Nacht bleiben?", fragt Lucky, Carlo hebt unschlüssig die Schultern. Die Kumpel winken sofort ab. Pit holt eine Ladung Frikadellen mit Senf und dazu Käsewürfel. „Bei mir zuhause ist gewaltig Stunk, da geht zurzeit gar nichts." Alle machen sich über die Buletten her. „Bei mir geht es auch nicht!"

Die Freunde schauen sich ratlos an. „Können wir nicht in eurem Messdienerheim übernachten?" „Ich habe längst die Schlüssel abgegeben!"

Lucky hatte gehofft, seinen Bruder hier im *Jazzkeller* zu treffen und sich mit ihm zu beraten. Aber der hängt wahrscheinlich mit seiner Clique wieder mal bei Pfötchen rum. „Was ist mit der alten Wehrmachtsbaracke in eurem Garten, der *Villa Wuppdich*?" Carlo wirkt nicht begeistert. „Wir können es probieren, dürfen aber keinen Lärm machen."

„Hallo Lucky!" Eckart klopft ihm auf die Schulter. Er trägt wie immer seinen mit einem Fuchspelz besetzten Parka mit dem *Peace*-Zeichen auf dem Rücken. Er ist frisch aus England zurück und erzählt vom *Stones*- Konzert im Hyde Park. „*Brian Jones* war ja gerade erst einige Tage zuvor tot aus seinem Swimmingpool gefischt worden. Ein irres Konzert, sage ich euch!"

Lucky muss an das tote Mädchen denken.

Erich bringt die nächste Runde und verkündet auch gleich, dass das die letzte sei. Er will sich nicht schon wieder Ärger mit dem Ordnungsamt einhandeln.

Erich wirkt noch hagerer und kränker als sonst. Seine Augen sind tief eingesunken. Die gelbe Gesichtsfarbe und die tiefen Furchen lassen ihn noch bedenklicher ausschauen als sonst. Keine zwanzig Minuten später dreht er die Musik ab. Die ersten zahlen und brechen auf. Erichs nikotingelbe Finger geben das Wechselgeld raus.

Itty und ihre Freundinnen drängen zum Ausgang. Sie gehen kichernd an Lucky vorbei, Itty hält sich verschämt die Hand vor den Mund. Lucky schaut ihr verwundert hinterher. Carlo durchwühlt seine Taschen nach Geld, er findet nur ein paar Erdnussschalen und einige Gulden. Er hinterlässt bei Erich seinen Deckel.

Eckart, der lange Lulatsch, nimmt seine akustische Gitarre, setzt sich auf einen Barhocker und spielt - *House oft he rising sun* -. Es gelingt ihm ziemlich gut, die Stimme von *Eric Burdon* nachzuahmen. Seine Finger gleiten flink über die zwölf Saiten seiner Gitarre. Ludger klopft den Takt auf der Theke.

„Ich will endlich Schluss machen!", reagiert Erich genervt. Eckart spielt - *Wake up little Susie* -. Erich setzt die Meute vor die Tür.

„Die Wahrheit ist immer konkret!" murmelt der Philosoph im Rausgehen.

Draußen ist es ungemütlich, es fieselt. Eckart schwingt sich auf sein Fahrrad. Ludger kommt auf die Stange und muss den Gitarrenkasten halten. In Schlangenlinien und mit viel Geklingel geht es um den Weiher. Beklommen klopfen sich die Kumpel zum Abschied auf die Schultern.

„Morgen im Freibad? Nur wir Jungs und Itty!" „Weiß noch nicht?!" „Wir sehen uns!" Jeder hat es plötzlich eilig und verschwindet in eine andere Richtung.

Carlo gibt Lucky das Briefchen. Nach kurzem Zögern öffnet er es vorsichtig und liest. - Hallo Troll. Erinnerst du dich noch an den Spruch aus Winzis Tagebuch? –

„Was steht denn drin?" Carlo beugt sich neugierig über Luckys Schulter. „Lies selbst!", Lucky reicht ihm das Kärtchen und schließt mit einem Ruck den Reißverschluss seiner alten Lederjacke.
Carlo schaut suchend hinauf in den nächtlichen Himmel, als würde er sich von da eine Antwort erwarten.

21

Carlo geht zum Auto. Lucky stellt sich ihm in den Weg. „Wir haben zu viel getrunken." Carlo öffnet mit einer einladenden Geste die Beifahrertür. „Oder willst du zu Fuß gehen?" Er setzt sich ans Steuer. „Steig endlich ein!"
Lucky baut sich vor der Kofferraumhaube auf. „Wir haben schon genug Mist gebaut!" „Jetzt hab dich nicht so!"
Carlo lässt den Motor an. „Willst du mich über den Haufen fahren?" „Wenn es sein muss!" Carlo grinst und lässt die Kupplung kommen. Der *VW* macht einen Satz nach vorn, Lucky springt entgeistert zur Seite. „Hast du sie noch alle?" Er zerrt Carlo aus dem Auto.
„Hör mit dem Stuss auf!" Carlo schubst ihn, Lucky fällt und verletzt sich an der Hand. Er rappelt sich auf und hämmert Carlo mit wutverzerrter Miene seine Fäuste gegen den Brustkorb. Der wehrt ihn ab, und nimmt ihn in den Schwitzkasten. Mit voller Wucht trifft Lucky ihn mit dem Ellenbogen im Schritt. Carlo jault auf und versetzt dem Freund einen Hieb auf die Nase. Wie ein angeschlagener Boxer wankt Lucky und geht zu Boden.
„Ich vermisse sie so!" Er wischt sich das Blut mit dem Ärmel seiner Lederjacke ab. „Meinst du etwa, ich nicht?!"
Carlo zeigt ein schuldbewusstes Grinsen und hilft Lucky auf die Beine.
Mit Schwung setzt Carlo den Wagen zurück. Der Regen ist wieder stärker geworden, die Wischer hinterlassen Schlieren auf der Windschutzscheibe, sie beschlägt von innen. Lucky versucht vergeblich sie mit der bloßen Hand frei zu wischen.
Die Straßen sind wie leer gefegt, Carlo fährt sehr zügig.
„Was stand denn nun in Winzis Tagebuch!" Lucky zögert. „Ich erzähl`s dir morgen!" Carlo schüttelt verständnislos den Kopf.

„Ihre Eltern haben Anzeige erstattet, hast du das mitgekriegt?" Carlo schweigt.

„Warum haben sie denn nicht gewartet, bis sie mit uns gesprochen haben?!" „Keine Ahnung, aber unsere Eltern werden auch nicht gerade erbaut sein."

Lucky sucht im Autoradio nach einem Sender. Es gibt kaum Gegenverkehr, Carlo schneidet die Kurven. In einem versöhnlichen Ton wendet er sich an den Freund. „Komm erzähl schon, was stand in Winzis Tagebuch?" Lucky spielt mit dem Troll. „Du lässt nicht locker!"

Eine Ampel springt auf Rot, Carlo fährt einfach weiter. Lucky schreckt hoch. „Reg dich nicht auf, weit und breit kein Mensch in Sicht!" Der regennasse Asphalt schluckt das wenige Licht der Autoscheinwerfer. Plötzlich kommt von rechts ein Hund auf die Fahrbahn gelaufen, seine Augen leuchten für einen Moment grün-phosphoreszierend auf. Carlo versucht dem Hund auszuweichen, erwischt ihn aber noch mit dem Kotflügel. Ein heftiger Aufprall. „Pass doch auf, du Idiot!"

Im trüben Licht der Armaturenbeleuchtung erscheint Carlos Gesicht kreidebleich. Erst gibt er Gas, dann hält er nach wenigen Metern abrupt an.

Lucky schüttelt den Kopf. „Eine kosmische Ohrfeige!"

Der Hund ist in der dunklen Nacht verschwunden.

„Komm, lass mich fahren!" Carlo zittert am ganzen Leib, er wirkt völlig übernächtigt, gehorsam überlässt er Lucky das Steuer. Kaum sitzt er auf dem Beifahrersitz, fallen ihm die Augen zu.

Carlo fährt in stockdunkler Nacht durch einen finstern Wald. Die Bäume zu beiden Seiten des Weges ragen schweigend auf. Der Mond am nächtlichen Himmel ist nur mehr eine schmale Sichel. Der schwache Strahl einer Fahrradlampe kommt ihm schwankend entgegen. Ein Kontrabass fährt auf einem Fahrrad an ihm vorbei, stumm und ohne ihn zu beachten.

Carlo schaut ihm verwundert hinterher. Dabei übersieht er beinahe eine schwarz gekleidete, tiefverschleierte Frau, die am Wegrand steht.

Lucky versucht, sich aufs Fahren zu konzentrieren. Kurz vor *Vierlinden* kommen ihm die Scheinwerfer zweier Fahrzeuge entgegen. Geblendet kneift er die Augen zusammen. In einer scharfen Linkskurve gerät der *Käfer* auf der nassen Fahrbahn ins Schleudern. Lucky rudert am Lenkrad und versucht gegenzusteuern. Das ihm entgegenkommende Fahrzeug, eine größere Limousine kann nicht rechtzeitig ausweichen, und touchiert den *VW* am linken Kotflügel.

Blech knirscht, der Zierring des Scheinwerfers fliegt in hohem Bogen davon. Der *Käfer* dreht sich um seine eigene Achse, trifft mit dem Heck auf den anderen Wagen und wird von der Straße katapultiert. Dann kracht er mit voller Wucht gegen einen Baumstamm, Rinde fliegt davon.

Carlo schreit auf. Die Frontscheibe platzt, Glassplitter regnen herab. Der Wagen kommt erst im Straßengraben, auf der Seite liegend, zum Halten. Die Kofferraumhaube und die Beifahrertür springen krachend auf. Grasbüschel fliegen durch die Luft. Der Motor stirbt ab.

Lucky muss würgen. Ein stechender Schmerz durchdringt seinen Brustkorb, er stöhnt auf. Wie durch Watte dringen die Signale eines Martinshorns zu ihm, werden immer lauter. Er hört das Quietschen von Reifen, dann aufgeregte Stimmen. Jemand beugt sich vorsichtig durch die zerborstene Frontscheibe und späht hinein. „Die beiden sind bewusstlos, scheinen aber noch zu atmen, natürlich mal wieder nicht angeschnallt."

Der Mann schaut sich um. Aus dem Radio schwebt die psychedelische Stimme von *Procol Harum. - A whiter shade of pale -*. Vorsichtig steckt der Mann seine Hand an den scharfen Kanten der zerborstenen Windschutzscheibe vorbei ins Wageninnere, und stellt das Radio ab.

Es ist mit einem Mal totenstill, nur das Knacken des Motors im Heck ist zu vernehmen. Es riecht nach Benzin.

„Der Junge auf dem Beifahrersitz hat einen offenen Bruch des Unterarms. Er blutet stark aus einer Wunde am Kopf, gib mir mal ein Verbandspäckchen!" Der Sanitäter legt einen notdürftigen Kopfverband an. „Das Lenkrad ist total verbogen, die Sitze sind aus der Verankerung gerissen. Die beiden haben mächtig Glück gehabt!"

Ein zweiter Sanitäter öffnet mit einem erheblichen Kraftaufwand die verzogene Fahrertür, sie knirscht in den Angeln. „Das Benzin läuft aus. Wir müssen die beiden schnell hier rausholen."

Lucky vernimmt die Stimmen verzerrt, wie von ganz weit weg. Verschwommen sieht er ein fremdes Gesicht auftauchen, dann schwinden ihm die Sinne.

Sie ist plötzlich da und redet besänftigend auf ihn ein. Es ist heller Tag, die Sonne steht hoch am Himmel. Das Boot schaukelt sanft auf dem Wasser. Er hört die Wellen träge gegen den Bootsrand klatschen. Ein leichter Wind umspielt den Saum ihres Sommerkleides, die Ohrringe funkeln.

Sie beugt sich über ihn, ihr duftendes Haar streift seine Wange, der Jadeanhänger berührt seine Lippen.

„Alles wird gut!", flüstert sie ihm zu. Sie nimmt ihn behutsam in die Arme und bettet seinen Kopf in ihren Schoß.

Das große, weiße Segel spendet wohltuenden Schatten. Die Konturen verblassen, gehen auf in einem blendenden Weiß.

Die hier vorliegende Erzählung ist der erste Teil einer geplanten Trilogie. Der zweite Teil, der unsere beiden Protagonisten im Jahr 1999, kurz vor dem Millennium, und unmittelbar nach der spektakulären Sonnenfinsternis zeigt, wird in Kürze erscheinen.

Der Autor, Jahrgang 1952, lebt in Bonn. Er beschäftigt sich neben seinem Beruf als Arzt, mit dem Schreiben und der bildenden Kunst.

2017 erschien von ihm im Verlag tredition
TRUGBILDER- eine Geschichte aus Venedig

ISBN 978-3-7345-8357-5

Tomas soll auf einem Kongress in Venedig für seinen Chef einspringen. Im Flieger begegnet er einem mysteriösen Fremden, der plötzlich spurlos verschwindet, und eine safrangelbe Mappe zurücklässt. Auf dem Gepäckband dreht sich langsam ein einsamer Koffer. Ein Carabiniere steht gelangweilt an eine Säule gelehnt, zu seinen Füssen ein Schäferhund, der Tomas aus ruhigen bernsteinklaren Augen betrachtet.
Es entwickelt sich eine Geschichte über die Kunst der Täuschung, über menschliche Eitelkeiten, und natürlich über komplizierte Beziehungen. Das Ganze spielt sich vor der großartigen Kulisse Venedigs ab. Am Ende werden zwei Menschenleben zu beklagen sein.
Auch hier ist eine Fortsetzung in Bearbeitung.

Zeitfracht Medien GmbH
Ferdinand-Jühlke-Straße 7
99095 Erfurt, Deutschland
produktsicherheit@kolibri360.de